AE-RAN KIM キム・エランの本

唾がたまる

キム・エラン

古川綾子 訳

AKISHOBO

唾がたまる

日本の読者の皆さんへ

私は海に程近い田舎のカルククス屋で、三人姉妹の末っ子として育ちました。

この本に収録されている「包丁の跡」という小説のように、店舗と住まいが一緒になった建物で家族と暮らしていました。

居住空間であり、生計を立てる場でもあったその家で、子どもの頃から母の労働や疲労を目にすることで、かなり早い時期から〈生〉と〈食〉の密接な関係性や、店に出入りする人びとの多様性を学ぶことができました。

だからいまだに、どの国の、どの都市を訪れても、食堂やお店で親の手伝いをする子どもや若い人がいると、ついつい目が行ってしまいます。

「あの風景は、あの子の記憶にいつまでも残るんだろうな」と思いながら。

実際、この本に収録されている短編には、そんな私の幼少期と青年期の経験がそっくりそのまま収められています。

デビュー作『走れ、オヤジ殿』に出てくるのが〈ここにいない〉父だったとすると、『唾がたまる』には〈いつもそこにいてくれた〉母が登場します。

ふたりは高い教育を受けたわけでも、お金持ちでもありませんでしたが、それぞれ異なるやり方で、こうして私に〈物語〉という大切な財産を残してくれました。

その物語を長い時間を費やして何度も修正し、ようやく私も本当の意味でふたりの元を巣立つことができました。

ずっと前から、私の〈出発〉と〈成長〉をともに見守ってくださっている日本の読者の皆さんに、韓国式の麺料理ククスをふるまう気持ちで、ここに収められた物語でおもてなしをしようと思います。

どうか楽しんでください。

二〇二三年

キム・エラン拝

目次

日本の読者の皆さんへ　2
堂々《ドードー》たる生活　7
唾がたまる　41
クリスマス特選　75
子午線を通過するとき　109

包丁の跡　143
祈り　173
四角い場所　203
フライデータレコーダ　235
作家の言葉　272
訳者あとがき　274

The Korean edition originally published
in Korea br Moonji Publishing Co., Ltd.
This Japanese edition is published by arrangement
with KL Management and Barbara J Zitwer Agency
through CUON Inc.
This book is published with the support of
the Literature Translation Institute of Korea (LTI Korea).

堂々《ドードー》たる生活

教室で最初に習ったのはドを選び出すことだった。最初の音だから、最初の指でド。鍵盤を押すと、ドはようやくドーと鳴いた。さっきのドを頭に入れようと、鍵盤をもう一回押してみた。ドは慌てたようにドーとまた音を出してから、自分の名前が通り過ぎていく銅の動線を眺めた。私はひとつの音が綺麗さっぱり消えた跡に座って、小指を立てたまま固まっていた。緑色のコーティングフィルムが貼られたガラスの壁からは濁った午後の日差しが差しこみ。ピアノと、それにはじめて触れた私のあいだに静寂が流れた。私は慎重に選んだ単語を吐き出すように小さく、つぶやいた。ド……。

鍵盤に手を置くのは簡単そうで難しかった。力を抜き、何かをそっと包み持つ形を作ってみなさいと言われたが、そのときの私は力を入れなくとも何かを握れるということ、同時にそんなものがこの世に存在するということが信じられなかった。二本の指を使って、一日中〈ドレドレ〉を練習した。低い音と高い音を一緒に押すと、低い音のほうが長持ちするという事実は後から知った。

ピアノの鍵盤はどれも同じ形をしていた。それは白かったり黒かったりしていて、同一の大きさと質感を持っていた。私はドの場所をしょっちゅう忘れた。それがレじゃなくてドだと、ミじゃなくてファだと、触ってみるまでは確信が持てなかった。私の探すドは、左端の鍵盤から指二十四本のところにあった。鍵盤の上で迷子になるたび、一から二十四までいちいち数えなければならなかった。そうやってドを見つけ出した後にできることと言ったら、ふたたび叩くくらいだったけれど。図体がデカくて内気な楽器がはじめて奏でた音、頑固で安らかな、そのドーの響きが好きだった。運よくドを探し出せると、レを見つけるのが楽になった。レはドのすぐ横にあった。ミはレの横、ファはミの次だから、とりあえずドを見つけることが肝心だった。

練習室のドアには、今は亡き音楽家の名前が書かれていた。私はベートーヴェンの部屋に座って〈ドレ　ドレ〉を練習した。リストの部屋では〈ドレミ〉を、ヘンデルの部屋では〈ドレミファソ〉を練習した。指二本だけを使っていたときは〈これなら続けてもいいかも〉と思い、指三本を動かしていたときは〈くだらない〉と自惚れ、五本の指を使うことになったときは〈こんなの難しくてやってられないよ〉と叫んだ。私の暮らす田舎の村には音楽教室がひとつしかなかった。そこでは中途半端にバイオリンも教え、フルートも教え、弁論まで指導していた。幸いなことにバイオリンやフルートを申しこむ子はほとんどいなかった。もし習おうとしたとしても、教室のほうで止めていただろう。この界隈でバイオリンを弾けるのは音楽教室の院長の娘ひとりだった。その子は学芸会に翼のついたワンピース姿で登場すると、小学生の耳にも耐え難い演奏をした。その子のしょうもないバイオリンを聞きながら、私ははじめて誰かを殴りたいという衝動に駆られた。音楽教室でどうして弁論を教えていたのかは謎だ。弁論は音楽じゃないのに。それでも受講生はいたらしかった。校内の弁論大会が控えている子や、消極的な性格のせいで親に手を引かれてやってきた子たちだった。練習室で叩いた音がすっきりと消えていく感覚を味わっていると、どこかから「私は共産党が嫌いです！」という喉も張り裂けんばかりの叫び声が聞こえてきたものだった。ベートーヴェンは耳が聞こえないから気づかなかっただろうけど、私は誰かを殴りたい二度目の欲求に悩まされた。とにかくヘンデルのいないヘンデルの部屋、リストのいないリストの部屋だった。私は彼らが誰かも知らなかった。

練習が退屈になると、それぞれの音の表情を思い描いてみた。レは横目で見るイメージ、ソはつま先立ちの印象だった。ミはやたらとしらばっくれるし、ファはソより低いけど快活そうだった。私は五つの音になじんでいった。ピアノは鍵盤そのものではなく、自分の内部にある何かを〈叩いて〉音を作るのだということも理解した。高い音になるほど消えるのが速いことも、音ごとに自分の時間をそれぞれ持っていることも。だからひとつひとつの音が集まって音楽になるというのは、いくつかの時間が出会って行われる、ある種の出来事なのかもしれなかった。

問題は〈ラ〉からはじまった。ラと知り合う前から不安が増していた。五本の指で五つの音を演奏するのは無難で常識的な作業だった。でも五本の指で六つ以上の音を奏でるとなると、どうしたらいいのかわからなかった。それは五進法しか知らない文明人が出会った十二進法みたいなものだった。私はラを知りたかった。でもラを知った瞬間から面倒な事態になりそうで不安だった。難しいのは嫌いなのに。五音階の曲もたくさんあるんだから、死ぬまで五音階だけで演奏したっていいんじゃないだろうか。ラを習った日、私は先生の手の動きを微動だにせず見つめていた。先生がとなりでドを弾いた。私のやり方と同じように。先生はレを弾いた。それも私と同じ方法だった。先生は予想どおりにミを選んだ。私は落ち着かない気持ちになった。次に先生がファを弾く瞬間、何かが目の前をさっと横切るのが見えた。薬指でファを弾くのではなく、ファの位置に素早く親指を移動させてから、二番目の指でソの鍵盤を探ったのだった。残りの指が自然にラとシに触れた。ドレミファソラシド。完全な七音階だった。私は先生の手つきを見ながら感嘆したようにつぶやいた。やっと、音楽ってものがわかりそうだと。

餃子屋《マンドゥ》を営んでいた母が、どういう経緯でピアノを習わせる気になったのかはわからない。自分の欲や、何かを強要するつもりからではなかった。母は学がなく、教育における自分の選択にいつも自信を持てずにいた。いわゆる〈普通〉の基準をただ追いかけていたのだろう。遊園地に行き、エキスポに行くように、この時期には何々をしたほうがいいという風の便りを。ふり返ってみると幼い頃に訪れたエキスポや博物館は、さほど面白くもなかった気がする。でも私をエキスポに送り出し、一緒に遊園地へ行ってくれた母には感謝の気持ちが湧いてくる。誰でも経験する、平凡な子ども時代のプログラムのひとつにすぎなかったけど、無知な目で時代の風聞にうなずいていた、海苔巻き《キムパプ》を作って観光バスに乗りこんでいた、母の疲れた顔が浮かんでくるからだ。私がメリーゴーランドの上で悲鳴をあげているあいだ、片手で顔を覆ったままベンチで横になっていた母の姿がたまに思い出される。靴を脱いで仮眠を取っていた顔はドーのように低く森閑としていたのか、そうじゃなかったのか。母の真似をしてピアノの椅子で横になっていた私を見て、先生はラーのように驚いたのか、そうじゃなかったのか。「お母さん、百ウォンだけ」がいちばん重要なルーティンだと思っていた時期の話ではあるが。私はヘンデルのいないヘンデルの部屋で音楽を学び、母はベートーヴェンのようなパーマのとれた頭のまま、ひたすら耳が聞こえない人のように餃子を包んだ。ちょうど近所に音楽教室ができ、母の餃子が飛ぶように売れ出した時期だったから可能だったのかもしれない。

　母は私にピアノを買ってくれた。町から埃立つ道を突っ走ってきた青いトラックが家の前に停まったとき、母が心から喜んでいたのを思い出す。洗濯機でも冷蔵庫でもなくピアノとは。

なんだか暮らしの質がほんの少し洗練されたようだった。ピアノは黄みがかった無垢材で、教室にあるどれよりも素晴らしく見えた。木の上に浮き彫りになった優雅なつる草の模様、光沢を帯びた金属のペダル、鍵盤を覆う赤い布カバーは、またどれほど煽情的な色彩だったか。それは我が家にある家財道具とは見栄えからして大違いだった。ただ少しきまり悪かったのは、ピアノが家の〈リビング〉ではなくて餃子屋に置かれたという事実だった。うちは生計と住居をひとつの建物の中で解決していた。昼間は部屋に客を入れ、夜になると家族が布団を敷いて寝るといった具合に。ピアノは私と姉が使っている小部屋に置かれた。茶の間は店の厨房と、小部屋は店のホールと向かい合っていた。

私は午後中ずっと店に張りついてピアノを演奏した。音を伸ばしてくれる右のペダルを踏み、格好つけて『乙女の祈り』や『渚のアデリーヌ』のような曲を。蒸し器からは勢いよく蒸気が上がり、ホールでは商売人や農夫が泥のついた長靴を履いたまま、むしゃむしゃと餃子を頬張る空間で、誰もが食べるのをやめて泣きながら逃げていくような演奏を。簡単で美しいけれど垢抜けなくて、店の前を通り過ぎる誰もが顔を赤らめる、だが、もう少し正直な人なら餃子の皿を投げつけ〈やめねえのかって言ってんだよ!〉と怒鳴ったであろう、そんな演奏を。一度など曲が終わると拍手が聞こえてふり返ったことがあった。ホールで知らない白人男性が手を叩きながら「ワンダフル」と叫んでいた。彼と私のあいだに曖昧な沈黙が流れた。私は恥ずかしかったが照れくさそうに短く言った。サンキュー……。家の中では小麦粉の粒子が陽光を浴びて飛び交い、鍵盤を探る指の下には指紋の跡が白く残った。

教室には二年ほど通った。バイエル二冊を終え、ツェルニーやハノンに入門した。ツェルニーという単語は異国から吹いてくる風のようで、豚の脂身や沢庵とは異なる響きをくれた。私はツェルニーを習いたいというより、ツェルニーという単語が欲しかった。

母は店を終えると小部屋に寝転がり、ピアノを弾いてと言った。母の足のリズムに合わせて『朱鷺《トキ》』や『兄への思い』を演奏した。宙で足拍子を刻む母の靴下のつま先は洗い物の水でびしょ濡れだった。その足は宙を飛び回る、母の濡れた心の欠片のようだった。歌は父が上手だったけれど、演奏を求めるのはいつも母だった。父は配達を担当していた。町のあちこちに揚げ餃子、蒸し餃子、水餃子を配達しながら、あれこれ首を突っ込み、つまらない冗談を言って回った。店の書き入れ時にいなくなることも少なくなかったけど、そのたびに配達先で賭け事に興じているか、なんでも屋の前にあるクレーンゲームでぬいぐるみを取っていた。一度など店に一日現れず、母を怒らせたこともあった。配達はすべてキャンセルされ、母は慌ただしく蒸し器と電話のあいだを行ったり来たりした。夕方になると、父はこっそり店のドアを開けた。ホールの中まで入ってきたくせに、茶の間の戸に手を掛けられないままうろうろしていた。そして何を思ったのか小部屋で遊んでいた私たちを呼ぶと、歌を教えてあげようと言った。珍しく父に優しくされたのがうれしくて、私たちは小部屋からのそのそ出てきた。父は引き戸になっている店のドアを半分ほど開けると歌いはじめた。父が一小節を歌うと、私たちが後に続いた。父の低い声が夕暮れ時のひっそりした村の上に響きわたった。「ふるさとの地はここからどのくらい離れているのだろう、青い空、あの空、ここはあの地なのか……」。奇妙だった。父のふるさとはここなのに、まるで別の場所にもあるかのように侘しげな顔をしていた。「アカシアの白い花が風に舞うと……」。ドアの外からちらりと覗くみっつの頭が同じ歌を合唱するあいだ、茶の間からは一切の気配が感じられなかった。母は自身の不運がずっと前、歌の上手な男を好きになった、まさにあのときからはじまったと思っているのかもしれなかった。

とにかく当時の私は八歳で、演奏よりも問題を起こす時間のほうが多かった。がちゃんというガラスの割れる音や姉の悲鳴が聞こえるたび、母は餃子の皮をこしらえる手を止めて素早く走ってくると私たちを叩き、ふたたび矢の如く走っていくと餃子を蒸した。母はいつも忙しかった。子どもたちは迅速に叩いて迅速に育てる必要があったし、餃子はそれよりも迅速に蒸さなければならなかった。餃子の皮を伸ばす棒で体を叩かれるたびに、ふわふわと四方に小麦粉の粒子が舞った。私は音楽ってものがちょっとわかっていたけど、お仕置きの前では相変わらず大口を開けてわーんと泣いた。ピアノの譜面台が折れ、棒の代わりに使われたこともある。私は少し大きくなったからと〈わーん〉じゃなくて〈しくしく〉泣きじゃくった。楽器がおっかなく見えたのは、そのときがはじめてだった。

教室にはピアノの上手な子が多く、弾けない子はそれよりもっと多かった。調律の狂った中古ピアノはどれも蓄膿症を患っていた。額縁の中のベートーヴェンとモーツァルトは小学生が作り出す騒音の中、退屈この上ないといった表情で座っていた。子どもたちは散漫で、講師たちの態度は形式的だったが、私はピアノを学ぶのが面白かった。指の関節の下で芽吹く音の運動も楽しかったし、私の中の何かがゆらゆら揺らめいて、懐かしい気持ちになるのも好きだった。不思議なのは、それなのに〈うまく〉弾きたいとは思わなかったことだ。私は適度に弾きたかった。そして必ずしもそのせいではないけど、母がピアノのローンを完済した頃に音楽教室を辞めた。飽きたからではなく、その程度で十分だったからだ。満足の水位が低かったところを見ると、才能もなかったのは間違いないだろう。

餃子の具を食べて育った私の乳房は見目よく膨らみ、全身に奇妙なメッセージを送信した。75Aのブラジャーを着けて中学校に上がった。ピアノは以前ほどしょっちゅう弾かなかった。それ以上うまくなることも下手になることもないレベルの中で、似たような楽譜を買ってきては流行歌を演奏した。ドラマの主題歌や歌番組で一位になった曲だった。ピアノを弾くときはペダルを踏んで音を誇張するのも忘れなかった。そのわんわん響く音の中には何か幻想的な感覚を与える哀しみ、これ以上進むことのないツェルニーの向こう側にある世界への未練や郷愁が滲《にじ》んでいた。私はピアノしか習い事を経験しないまま高校に入学した。進路について訊くと、母と父は顔を見合わせた。何かを間違えたときのような表情に見えた。私たちはその当時の〈風聞〉をただ信じてみるしかなかった。理系が就職に有利だ、女性の職業としては教師が良い、ソウルの三流に行くよりは地方の国立がマシだというような。そんな話を聞くたびに、私はさも重要な情報であるかのように深刻な表情をしては、すぐに忘れてしまった。不規則な内申のランクと違って、ブラジャーのホックの位置は外側へ一段ずつ着実に移動していった。ピアノは店の片隅で埃をかぶったまま忘れられていき、もう弾くこともなかった。そして時が流れたある日、布団を担いで家を離れた後のこと。ポケットに手を突っこんで雑踏の中を歩いているときに、こんなことを思った。この部屋で、この街で、この市場やあの工場で、この路地やあの廊下で、木陰や納屋で、たまに世間の人びとは人知れずドー、ドーと泣いているのではないか。無意識に、そして理由もなく出せる音のひとつくらいは、それぞれ持って生まれてきているんじゃないかと。小さい頃に音楽なんかを学んだせいで、その泣き声の名前を知ることになったのだから、私も少しは時代の風聞の世話になっているのかもしれない。

＊

餃子の具には切り干し大根が入っていた。母はそれを水でふやかしてから木綿の布で包み、

〈絞る子《チャルスニ》〉に入れて回した。絞る子は脱水機能しかついていない細身の洗濯機だった。脱水機のホースは納屋から厨房の排水口まで長く続いていた。母は二、三日に一度ずつ脱水機を回した。母が納屋に入ったが最後、脱水機のホースからはとてつもない量の水があふれ出してくる。だから私は、てっきりあそこを嘆きの間なのだと思っていた。物心ついてから誤解だと知ったけど。数年後、母は本当に納屋で膝に顔を埋めていた。私がソウルに上京する前、高校三年生の冬休みだった。いつものように切り干し大根を絞っていた母は、電話のベルが鳴ると厨房にやってきた。受話器に向かって何やら釈明し、哀願しているようだった。私はトイレに行く途中にその姿を見た。昼の営業がひと段落した後だったから、聞こえてくるのは脱水機のかすかな振動音だけだった。母が納屋に戻っていった。脱水機の横にしゃがみ込み〈タタタタ〉と泣いていた。紅葉狩りに出かけた父は雪岳山《ソラクサン》に滞在中、姉は休学届けを書いた状態で、あちら側の薄暗さとつながったホースからちょろちょろと水が漏れ出るのを見た私は、我が家は潰れたのだと不意に悟ったのだった。

その頃、私は首都圏の大学に合格した。四年制のコンピューター学科だった。コンピューターといったらキーボードの打ち方しか知らなかったが、卒業後の就職がうまくいくかもという漠然とした期待からだった。当時は友人のほとんどがそんな感じで大学に進んだ。漠然と国文科を選び、漠然と四大を選び、漠然とした劣等感や優越感を持って高校を卒業し、進学した。〈適性〉ではなく〈成績〉に合わせて願書を書く場合も多かったが、ほとんどがきちんと企画された人生について無知だったし、自分が何をしたいのかわかっていなかった。二歳上の姉はソウルにある短大で〈歯科技工〉を学んでいた。主に歯の詰め物や被せ物の製作技術を学ぶ学科だった。願書を書くまさに前日ですら、自分が死ぬまで誰かの歯の模型を作りながら生きることになるとは想像もできなかったそうだ。私は大学に合格したと言い出せないまま、しばらく新入生歓迎会で歌う曲の練習ばかりしていた。

母は差し押さえの紙が貼られる前に値の張る品物を売ってしまおうと言った。父と私はうなずき、必死に高価な品を探して回った。十分もしないうちに、我が家で値の張る品物はピアノしかないと知った。しかも売ったところで八十万ウォンにもならなかった。母は悩んでいたが、ピアノは売るのをやめようと言った。私は顔の前で手を振りながら「私のためなら気にしないで」と言った。弾かなくなって随分になるし、嘘じゃなく未練もなかった。ピアノの上に置かれたぬいぐるみがまじまじとこちらを見ていた。どれも父が取ってきたものだった。母は悩んでいたが、ピアノはとりあえず手放さずにいようと言った。

「どうやって？」

母はゆっくりと口を開いた。お前がソウルに持っていってくれたらと。

「……」

私は目を丸くして言った。

「あそこ、半地下だよ、お母さん」

母がその事実を知らないはずはなかった。私は売ろうと説得を続けた。実際ピアノは私たちにとってなんの役にも立たなかった。母は何かの記念碑であるかのように「家計が良くなるかもしれないから……」と言葉尻を濁した。結局ピアノを担いで上京する羽目になった。私が家を出る日、父は限界まで車高を上げたオートバイで道路を疾走しながら泣いていた。そして最高速度に達すると前輪を上げてウィリーしながら「おーい、お前たちは絶対に保証人になんかなるなよ！」と嗚咽《おえつ》し、ビニールハウスの横で土下座しながらスピード違反のキップを切られたそうだ。罰金はそのまま餃子屋で働く母が被ることになった。

姉は気乗りしなそうな表情だった。母方の叔父が煙草を吸っているあいだ、私は事情を説明するのに一苦労した。母からすべて聞いているだろうと思っていたのに、何も知らなかった。そしてうっとうしそうに言った。

「ここ、半地下だよ」

私は短く答えた。

「知ってる」

私たちはトラックの前に立ってピアノを見上げた。没落したロシアの貴族さながらに最後まで体面を保ったまま、優雅に、落ち着いて立っていた。叔父のトラックは道の真ん中を塞いでいた。私たちは急いで軍手をはめた。叔父がピアノの片端を、姉と私が反対の端を摑んだ。叔父が合図を送った。私は深呼吸するとピアノを軽々と持ち上げた。一九八〇年代産のピアノが世紀末の都会の空にしばし飛翔した。その姿がなんとも美しく、もう少しでため息を漏らすところだった。私たちは一歩ずつ移動した。脚ががくがくしてきて冷や汗が出た。周囲の人がじろじろ見ていた。後ろで一台の乗用車がどいてくれとクラクションを鳴らしまくっていた。すぐに二階に住んでいる大家がジャージ姿で下りてきた。丸々とした体格に、朝の体操を欠かさなそうな風貌の五十代半ばの男性だった。彼は家の前でくり広げられている光景が信じられないというように、唖然とした顔で立っていた。私はピアノを抱えたまま、ぎこちなく微笑んで目礼した。姉も恐る恐る挨拶した。狭くて急な階段の下へとピアノがゆっくり頭を押しこんでいた。洗濯機でも冷蔵庫でもなくピアノとは。私たちの暮らしが少し決まり悪くなる感じがした。突然どすんという音がした。叔父がピアノを落としたようだった。がたんたんたん、ピアノが階段を滑り落ちていった。姉と私は慌ててピアノの脚を摑んだ。うぉーんという響きのあいだから、楽器の中に存在するいくつもの時間が潰れる音がした。つる草の模様が壊れたスプリングのようにぐらぐらしているのが見えた。落とした衝撃で外れたらしかった。長いこと浮き彫りだと信じてきたが、実はボンドで貼りつけてあったのだと、そのときはじめて知った。私たちは叔父の顔色をそっとうかがった。叔父は大丈夫だと合図すると、ふたたび階段を下りはじめた。怪我の具合やピアノの状態は気にならなかった。それよりどすんという音、はじめてやってきた都会に鳴り響く、あの紛れもなく、大きく、露骨な音に顔を赤らめていた。大家は呆れて不満げな顔つきで姉、私、ピアノ、叔父、ふたたびピアノを順番に見つめた。

「学生さん」

大家が呼んだ。姉は素早く階段を上った。出口のほうで、四角い日差しの下、何かを必死に説明している姉の姿が見えた。乗用車の運転手にも少し待ってほしいとお願いに行っていた。最終的に管理費を値上げし、絶対にピアノは弾かないという条件で大家を見送った。彼はふり返ると一言訊いてきたが、それは弾きもしないピアノをなぜ持っているのかという問いだった。

その日、夕飯に餃子を食べた。母がアイスボックスに入れて送ってくれたのだった。湯気がもくもく立ち上る餃子を食道に詰めこみ、改めて〈体が落ち着く気分〉だと姉は言った。そして餃子を飲みこむたびに、母を飲みこんでいる気分になるとも言った。私は両手で大きな餃子を割った。春雨、ニラ、豆腐、豚肉でぎっしりの具が爆竹みたいに飛び出して白い湯気を吐き出した。ふと二十代を迎えた姉と私の肉体は、母が売ってきた数千個の餃子でこしらえられたのではないかと思った。

「ところでお父さん、なんでそんなことしたの？」

姉がサイダーを飲み干して訊いた。私は知っている内容をかいつまんで説明した。父の友人が肉のビュッフェレストランをオープンさせるので、融資の連帯保証人になってくれと頼んできた。数年前から郊外に大小さまざまの工場が建つようになっていたが、父の友人は「あの人たちがここで一、二回会食するだけでも黒字は確実だ」と自信満々だった。同じ頃に父の先輩もカラオケ店をはじめた。肉だけ食べてお開きになる会食がどこにあると。父は両方の連帯保証人になった。ところがあるときから工場が一軒、また一軒と廃業するようになり、肉のビュッフェレストランが潰れるや、カラオケ店も店を畳んだ。言うならば保証の、保証の、保証がドミノのように相次いで倒れ、餃子屋の前で止まったのだった。村全体がお互いから金を借りていたが、それは誰も触れたことのない幽霊みたいな借金だった。姉が箸を舐めながら尋ねた。

「じゃあ、誰が悪いの?」

わからないと答えた。ただひどく透明な不幸に思える、実感が湧かないとだけ付け加えた。私が明日すぐにアルバイトをはじめ、途轍もない疲労を感じたとしても、その向こうにあるドミノの先端は想像もつかないし、恨むこともできないのと似たような感覚だった。

「お姉ちゃん、学校はどうして休学したの?」

姉は泡の消えていくサイダーを見ながら言った。

「家の状況もそんなだし、続けるべきなのか、どうしてもわかんなくて」

この期に及んで自分の〈適性〉を考えている姉に恨めしさを覚えた。誰かが早く安定した収入を確保して、負担を軽くしてくれたらと思っていた。姉は就職に有利だと聞き、急いで願書を書いたことが悔やまれると言った。自分の素質や作業環境については考慮できなかったと。教室でガス爆発事故が発生してから怖くなり、椎間板ヘルニアと咳に苦しめられているとも。私は少し申し訳ない気持ちになった。

「学校の先輩が言ってたんだけど、最近のランク分けは家とか車じゃなくて、お肌と歯なんだって」

私は「本当に?」と聞き返してから、そういえばそうだなと思った。

「でもさ、ちょっと不気味じゃない? 歯がランクを表すなんて」

私はぼんやりと、上物の牛が大口を開けている牛市場を思い浮かべてみた。

「でもさ、その話を聞いてから、無意識にやたら人の歯を見るようになって。専攻のせいもあるけど、芸能人の歯ってどれも白くて整ってるから、それが普通の基準なんだって錯覚するようになった」

私は〈完璧に美しい〉歯なんて実在しないのではと首をかしげた。姉は彼氏の話をはじめた。年齢差のせいで、恋愛が終わるまで母も知らなかった相手だ。数日前に泥酔して訪ねてきたそうだ。お互いに気持ちの整理がつかなくてつらい時期だったが、玄関のドアを開けると彼はばったり倒れた。

「それで?」

「靴を脱がせて部屋に運んだんだけど、ぴくりともしないの。だからしばらく彼の前にしゃがんでたんだけど。いつの間にか顔に向かって手が伸びてさ。口を広げて、歯を観察してる自分がいた」

「歯を？」

「うん。そんなことする自分が嫌だし、申し訳ないと思っているのに、どうしても歯が見たくて。私さ、あの人と二年以上も付き合ったのに、そんなふうにじっくり覗きこんだのってはじめてだった。開いた口のあいだから十個以上の歯が見えた。黄ばんで、歯並びの悪い、小さくて古い歯が」

私は姉の顔を見つめた。

「でもそうやってしゃがんで、三十年ご飯を嚙んできたあの人の歯を見た瞬間、不思議とやるせない気持ちになった」

「がっかりした？」

「そういうんじゃなくて」

姉は言葉を選ぶように口ごもった。

「学校で歯型を取ってると、人間って獣みたいだなと思うときがあって、その日はなんて言ったらいいか、彼氏じゃなくて自分といちばん近い獣を抱きしめてる気分になった」

「……」

布団を敷いて横になった。部屋はふたりがなんとか横になれる広さしかなかった。ピアノの上にはヘアドライヤーやラジオ、アイロンなんかのがらくたが置かれていた。室内は中古ショップみたいだった。窓の外に地上の道が電信柱のように長く伸びているのが見えた。その道は通行人の蹄《ひづめ》が触れるたび、鳥が止まって飛び去った跡のように軽く揺れた。不意に私の空はあなたの天井より低いと思った。私は寝返りを打つと姉にささやいた。

「どうしてだろう、ここってソウルじゃないみたい」

姉が眠そうな口調で答えた。

「ソウルなんて、どこもこんな感じだよ。あんたの知ってるソウルがいくつもないからでしょ」

姉はすぐに熟睡した。私は都会の地下に仰臥《ぎょうが》していた。窓越しに車のライトが揺らめき、私の顔の上にピアノが影を落としては消えていった。闇の中で何度か自分の歯に触れているうちに眠りについた。

＊

姉のパソコンは大学の入学祝いに母が買ってくれたものだった。姉は同じ科の友人の勧めに従い、龍山《ヨンサン》の電子商店街で組み立て式のパソコンを購入した。友人は店員と暗号のような言葉をやり取りし、本体ケースを選びなと最後に言った。店の一角には箱のようなケースが何種類も積まれていた。姉はそのひとつを恥ずかしそうに指差した。戦闘ロボットの鎧みたいに煌《きら》めき、ごつごつしていた。友人が驚いた顔で「なんでこんなの選ぶの？」と訊くと、顔を赤らめて「いちばん二十一世紀っぽい感じがするから……」と答えたそうだ。姉はいちばん二十一世紀っぽいパソコンとともに半地下で暮らすことになった。二十一世紀がどれほど〈スリム〉か気づくのに、さして時間はかからなかっただろうけど。パソコンは部屋の片隅にもっこりと鎮座していた。

私はアルバイトをはじめた。印刷所と連携して予備校の教材やテスト用紙を作る仕事だった。最初はカフェや居酒屋でホールスタッフをするつもりだった。十九歳になったばかりの私の常識からすると、アルバイトとは総じてそういう業種だった。でも求人広告に書かれた〈眉目秀麗〉の真の意味をわかっていなかった。私は秀麗というか〈可愛い〉系の外見で、他の仕事を探そうとフリーペーパーの『蚤の市』に目を通していった。とんでもない金額をくれるところと、信じられない金額しかくれないところの狭間に、Ａ４一枚当たり千五百ウォンくれるところがあった。その金額が多いのか少ないのかは知りようがなかったけど、ワードでの作業くらいなら自分にもできるだろうという気がした。

仕事は思っていたほど簡単ではなかった。肩も凝るし、目が痛いうえに、キーボードを打ったり、誤字脱字を確認したり、図表を貼りつけたり、英語に漢字の表記まであったりと無我夢中だった。印刷所は誤字脱字がある場合はアルバイト代は払えないと言った。決められた時間内には決して消化できない量の仕事を寄こし、三日以内にやってくれと平気で言ってきた。私は〈とりあえずこの分量なら、いくらくらいは稼げるな〉と、がっつり仕事を抱えて帰ってきては真っ赤な目で夜を明かした。姉のパソコンはハングルのタ行の子音キーがなかなか反応せず、そのせいで作業スピードが落ちることがよくあった。浮き浮きと指を操っていたと思うと、毎回タ行の子音キーの前で立ち止まった。道路上に飛び出した鹿でも見るように、タ行の子音キーを見るだけで緊張し、タ行の文字がこの世にどれほど多いかをはじめて知って嘆く羽目になった。私は首を長く伸ばしたままモニターに釘付けになっていた。姉は「白黒がいちばん目に負担を与える色なんだって」と心配そうに眺めていた。百年前の人たちは想像もできなかった進歩的な機械の前で、私はネアンデルタール人のように少しずつ猫背になっていった。

姉は編入試験の準備をしていた。四年制の英文科に入って語学研修にも行き、就職もしたいと言った。私は〈浪人〉や〈転学〉とは違い、〈編入〉という言葉は妙に貧困の印象を与えるなと思った。姉は「英語ができるだけで、どれだけたくさんのチャンスが訪れるか知ってる？」とアドバイスしてきた。私は〈英語ができるだけで、たくさんのチャンスが訪れる〉という事実に、どうしてその歳になるまで気づかなかったのかと訝しく思った。姉は問題集を買いこんでくると単語を暗記し、テープを聴いた。私が狂ったようにタイピングをしているあいだ、姉はピアノの上に文法のテキストを広げて外国語をぶつぶつつぶやいていた。小さな灯りが漏れるこの半地下では、毎晩キーボードを打つ音と英単語を暗記する声が絶えることはなかった。ある日、姉は到底理解できないというようにボールペンを放り投げて叫んだ。

「ねえ、〈未来〉がどうやって〈完了〉するのさ？」

私は地層の断面図を広げて貼りつける手を止め、キーボードに頭を打ちつけて叫んだ。

「あぁ！　科学がいちばん嫌い！」

初夏だった。たまに雨が降っては止み、また降った。窓の外、歩道に落ちた雨粒がいくつもの円を描きながら、私の頭上に美しく浮かんでいた。雨は、空じゃなくて地上から降ってくるみたいだった。私は干しブドウを一口に放りこむと窓の外を眺めた。干しブドウはいちばん好きなおやつだった。食べると真っ黒に焦げついたカリフォルニアの陽光を噛んでいる気分になった。姉は繁華街にあるチェーン店のレストランでレジの仕事をしていた。明け方になると米袋ほどの睡魔を担いで予備校に行き、週末になると両脚にその米袋を挟み、心ゆくまで爆睡した。姉はたまに前の彼氏と電話で話した。彼はすすり泣きながら家の前まで訪ねてきたりもしているようだった。たまに雨が降っては止み、また降った。私はテレビの前に座って〈今日の天気〉を見た。姉が家を空けると掃除をして、手軽にできる常備菜を作り、陽光の粒が入っているという合成洗剤で洗濯をした。テレビではもうすぐ梅雨がはじまると伝えていた。私はプラスチックの容器に入った除湿剤を買うと、シンク台の中とタンス、靴箱に入れておいた。貯金があるから小さな災害くらいはどうでもいいという気分だった。

　私は早く学校に通いたかった。学費はほぼ貯めたし、何よりも人間関係を築いて〈疲労〉や〈緊張〉を感じたかった。緊張する服を着て、緊張した表情をして、他人からの評判を意識して、恋をして、お世辞を言って、冗談を言って、陰口を言って、計算高かったり政治的だったりする人間にも一度はなってみたかった。誰かにとっては良い人に、誰かにとっては悪い人にもなり得るわけだけど、実際の私は何者にもなれていなかった。今の私の周りに存在するのは家電製品だけだった。冷蔵庫に良く見られたり、炊飯器をけなしたりしたくはなかった。最初の給料をもらったとき、誰に会ってどんなふうにお金を使うべきだろうと当惑した。このまま自分の存在も、何をしたかも、誰にも知られぬまま死ぬわけにはいかない、学校に椅子がなくて肩に担いで登校している、とある国の子どものように死ぬまでアルバイトしかない人生を送るわけにはいかないと思った。たまに手の指が木の枝みたいに長く伸びて育つ夢を見たりもした。指だけが進化した人間タイピストになって〈次の中から正しいものを選びなさい〉という文章をひたすら打っていた。そして山のような問題用紙を手に印刷所に向かうと、それをすべて解けと言われるのだ。私は干しブドウをもぐもぐしながら〈秋はもうすぐだから〉と安堵した。〈八月には東大門《トンデムン》に服を買いに行かなきゃ、メイクはお姉ちゃんに習って、アルバイトは必ず家の外でやる仕事にしないと〉。ドの次にはレが来るように、夏が終わればきっと秋が来るだろうと思っていたけど、季節はのろのろと移ろい、私たちの青春はあまりに明るすぎて青ざめていった。

部屋の中はじめじめしていた。キーボードを打つ手を止めて周囲を見回すと、湿気でくしゃくしゃの空気がワカメのように揺らめきながら飛び回っているようだった。壁紙にはひとつ、ふたつと黴《かび》の花が咲いていた。ピアノの裏は状態がひどかった。鍵盤をひとつでも押したら、すぐにその音の波動と同じくらい飛び上がり、あちこちに胞子を飛び散らしそうだった。ピアノが腐るんじゃないかと心配だった。何度か乾いた雑巾で拭いてみたが無駄だった。カレンダーを何枚か破いて重ね、ピアノの裏面に当てるしかなかった。そのうちにどうしても鍵盤を確認したいという気になった。田舎から担いできたのに、このまま駄目になってしまったら悔やまれる。その日は決心してピアノの椅子に座った。そして両手でふたを持ち上げた。慣れ親しんだ重みが手に伝わってきた。よく知る重みだった。すぐに八十八のきれいな鍵盤が目に入った。楽器は楽器らしく静まり返っていた。鍵盤の上に指を載せてみた。手首の力を抜き、何かをそっと包み持つ形を作る。ひんやりと滑らかな感触が感じられた。ほんの少し力を加えれば聞きたい音が鳴るはずだった。外からは工事音が聞こえてきた。大家の家を数日前から補修している音だった。ふとピアノが弾きたくなった。引っ越してきてからはじめての感情だった。一度そう考えると、どうにも抑えられない思いがほとばしった。一音くらいなら大丈夫じゃないかな。すぐに消えるから誰も気づかないだろう。勇気を出して指に力を加えた。

「ドー」

ドは室内に閉じこめられた蛾のように、長い線を描きながらいつまでも飛び回った。その音を美しいと思った。胸の中の何かがうっすらと揺らめいて朽ち果てる気分だった。ドは思っていたよりも長くドーと響いた。ひとつの音が完全に消えていく感覚を楽しみながら目を閉じた。外からドアをノックする音がした。コンコンコンコン。拳で四回だった。急いでピアノのふたを閉めた。ふたたびコンコンという音がした。玄関のドアを開けてみると大家一家だった。ジャージ姿の男、彼の妻、ふたりの子どもが並んで立っていた。男の子は父親に、娘は母親に瓜二つだった。外食でもしてきたのか全員が口に爪楊枝を啣《くわ》えていた。男が口を開いた。

「学生さん、さっきピアノ弾いた?」

私は無邪気に答えた。

「いいえ」

男は首をかしげて尋ねた。

「弾いてたみたいだけど……?」

もう一度いいえと答えた。男は疑うような表情をしていたが、私が黴の話を切り出すと「地下っていうのはそもそもそういうものだ」と言い残し、さっさと二階に上がっていった。私は部屋に戻り、ピアノの横にもたれて座った。そして何気なく携帯電話を開いた。携帯電話は数字ボタンごとに固有の音があり、単純な演奏なら問題なくできた。1番はド、2番はレ、高音は星印や0番を同時に押すといった具合だった。つかえながらボタンを押した。ミ　ソミ　レドシド　ファ、ミ　ソミ　レドシド　レレレ　ミ……。〈そもそもそういうものだ〉みたいな言い方、なんか嫌な感じだなと思った。

夕方から豪雨になった。姉はアルバイトで遅くなると言った。本来は上がる時間なのに精算が合わないらしかった。伝票を最初から最後までチェックし、合わない場合は計算機をもう一度叩き、同じ作業をくり返して夜を明かすはずだった。私は餃子を入れたラーメンを食べながら連続ドラマを観ていた。ボリュームを目一杯上げても俳優たちの声がよく聞こえなかった。リモコンを摑むと、何かじめじめしたものが手に触れた。まじまじと手のひらを覗きこみ、それが雨水であることにようやく気がついた。私はびくっと立ち上がった。玄関から水が入りこんでいた。不純物のどっさり混じった真っ黒い雨水だった。壁紙を汚しながら窓枠の下に流れこんできていた。壁は黒い涙をぽたぽた流す顔のようだった。あたふたと電話をかけた。姉はかなり待ってから電話に出た。意外と冷静な反応だった。そういうことは何度かあった、雑巾で拭き取れば大丈夫なはずだと忙しそうに電話を切った。期待外れの答えだったけど、姉がそう言ってくれると安心でもあった。私はぼうっと立っていた。靴下を脱ぎ、ズボンをまくり上げた。玄関にあった靴をすべて靴箱に入れ、パソコンやテレビといった家電製品のコンセントを抜いた。ピアノの周囲を乾いた数枚のタオルでがっちり囲んだ。溜まった水は雑巾で拭き取れば済む話だった。床を拭いた雑巾の水を洗面器に絞り、また拭くことをくり返した。汚水はトイレに捨て、乾いた雑巾でもう一度水分を拭き取った。順序どおりに処理していたら、姉が言ったように大したことではないと思えてきた。自分が少し大人になった気もした。ひとしきり部屋を整理し、一息ついて背筋を伸ばした。そして爽快な表情で周囲を見回した。ついさっき水分を拭き取ったところに、また雨水が溜まっていた。さっきよりも量が多かった。私は真っ青になって電話をかけた。

「お姉ちゃん」

姉が周囲をうかがうように小さな声で答えた。

「何？」

私は泣き出しそうな声で言った。

「雨が降ってる」

姉はため息をついて答えた。

「うん、さっきも言ったじゃない」

私は子どものように洟《はな》をすすった。

「うん。でもやたら降ってる」

姉は静かに私をたしなめ、帰るから、それまで我慢してと答えた。

「いつ帰るの？」

姉はわからない、でももうすぐだからとだけくり返した。私は電話を切り、手の甲で涙を拭った。水は足の甲まで上がってきていた。雨水からはカビ臭くて生臭い都会の臭いがした。大家の家に助けを求めようかと思ったが、あまりに遅い時間だった。とにかく作業を再開する必要があった。まずパソコンの配線をひとつにまとめてタンスの上に置いた。そしてちりとりを使って雨水を掻き出しはじめた。水は階段と窓を伝ってひっきりなしに入ってきた。これじゃあ駄目だと思い、ちりとりの代わりに手桶を使った。手は機械のように動いていた。全身から汗なのか雨水なのかわからない何かが流れ落ちた。外では雷が鳴っていた。無謀な作業に思えて力が抜けたが、手をこまねいているわけにはいかなかった。部屋から携帯電話の音が聞こえた。駆け寄った。

「お姉ちゃん？」

電話の向こうから少し低めの声が聞こえてきた。

「父さんだ」

私は当惑した。父のほうから電話をかけてくることなんて滅多になかった。額の汗を拭って答えた。

「えっ？　あぁ……」

父は「元気か」と訊いた。少し悩んでから「元気だよ」と返事をした。口下手な父は電話で話すたびに、いつも同じ質問ばかりしてきた。次に訊くのはたぶん〈夕飯は食べたのか？〉あたりだろう。

「夕飯は食べたのか？」

私は食べたと答えた。父は少し間を置いてから「何を食べた」と訊いた。私はそっけない答えを返すと沈黙した。父は、アルバイトは順調か、お姉ちゃんはどうしているか、いつ帰省するのかと尋ねた。私はきまり悪そうに礼儀正しく話を続けた。沈黙が流れた。どちらかが急いで電話を切る挨拶をするか、別の話題を持ち出す必要があった。父が先に口を開いた。お金の話だった。助けてほしいという言葉はなかったが、助けてほしいという意味だった。ひとしきり父の話を聞いた。私の学費にほぼ匹敵する金額だった。水でふやけた素足で床をこすった。そして「なんとかしてみる」と言ってから電話を切った。この世は雨が落ちる音で満ち満ちていた。手桶を持ったままぼんやりと突っ立っていると、外で人の気配がした。玄関に走ると歓迎の声をあげた。

「お姉ちゃん？」

見知らぬ人影がすーっと現れた。おっかない顔の男だった。驚いた私は後ろ向きに倒れて尻もちをついた。手の甲にゆらゆらと雨水が感じられた。男は焦点の定まらない目でこちらを眺めた。私はがたがた震えながら「どちらさまですか？」と訊いた。豪雨に、負債に、強盗にまで遭うのか、こんな人生があるなんて、まさに恨めしいやら悲しいやらといった心境だった。男は鋭い目つきで私を見ていたが靴箱の横に倒れた。そして靴箱に頬ずりしながらつぶやいた。

「ミヨン……」

姉の名前だった。元彼らしいと気づいた。彼は小柄で穏やかな顔つきをしていた。よく見ると少し可愛らしさを感じられる顔でもあった。用心深く近づいた。そして指先で肩を叩いた。男はドーとは泣かず、むにゃーと言うと、もぞもぞ動いた。

「あの」

男はぴくりともしなかった。もう一度起こしてみた。

「すいません」

男は目を大きく見開くと、ぼうっとした顔でこちらを見た。ここがどこなのか、私が誰なのか理解していないようだった。

「ここにいられては困るんです。起きてください」

男は雨でずぶ濡れだった。うなずくとふたたび目を閉じた。移動させたかったが、あちこちに水が流れているのでどうしたらいいかわからなかった。

「ほっとこうか？」

男が玄関の前にいたら水を掻き出せなかった。姉に電話したかったが、周囲の顔色をうかがってこそこそ話していた声が思い出された。もうすぐ帰ってくるって言ったんだし、自分でなんとかするだろうから、まずは男を移動させるのが良さそうだった。周囲をじっと観察した。ピアノの椅子が目に入った。あの上ならば、それなりの高さまで水が来ない限りは安全そうだった。脇を抱えて立たせた。タコのようにくねくねしていた。男の腕を自分の肩に回して一歩ずつ動いた。男は崩れ、倒れ、座りこんだ。

「おじさん！」

男は倒れこみ、冷たさに驚いてぶるっと震え、またいびきをかきはじめた。

「ちょっと！」

彼は〈むにゃ〉と寝返りを打った。頭にきたけど、このまま放ってはおけなかった。水はすねまで上がってきていた。本棚の下の段に入っている本は雨水でぱんぱんに膨れ上がっていた。その中にはまだ解けていない姉の英語の問題集もあった。なんとか男を移動させ、ピアノの椅子に寝かせることに成功した。男は穏やかな表情をしていた。体をLの字に曲げ、足首は水に浸かったままだった。ため息をついて男を見つめた。両頬の赤みがちょっと頭の悪そうな人に見せていた。しばらくその顔を見ていたら姉の話を思い出した。すると私も歯を見てみたいという気持ちになった。迅速に、ほんの一瞬だけなら大丈夫じゃなかろうかと。男の唇に向けて注意深く手を伸ばした。彼は寝心地が悪いのか寝返りを打った。私は慌てて手を引っこめると自分を叱った。借家が水に浸かろうとしているというのに、何をやっているのだと。雨水はいつの間にか膝の位置まで来ていた。ピアノが水没しつつあることに気づいた。あのまま放っておいたら使えなくなるのは明らかだった。その瞬間、限界まで車高を上げた一台のオートバイが、ぶるるんと胸を抉《えぐ》って走り去っていくような気がした。オートバイが蹴散らす土埃のあいだから、数千個の餃子が気泡のように浮かび上がっては消えた。姉の英語の教材も、パソコンと夕行の子音も、父からの電話も、私たちの夏も、すべてが空に浮かび上がったと思ったら、ぱんぱんと破裂してしまったのだ。私はピアノのふたを開いた。鍵盤にそっと指を置いた。親指はド、人差し指はレ、中指と薬指はミとファ、力は一切入れていないのに、ある音が長く響くのが感じられた。思わず指に力を加えていた。

「ドー」

ドは長い音を出しながら部屋の中を飛び回った。私はレを選んだ。

「レー」

男が体を捻《ひね》ってL字型に横たわるのが見えた。私は安らかな気持ちで演奏をはじめた。ひとつ、ふたつと指先から芽吹く音符はじめじめしていた。

「ソ　ミ　ドレ　ミファソラソ……」

水に沈んだペダルからごぼごぼと気泡が漏れ出してきた。音はゆっくり飛び上がって調和すると消えた。

「ミミ　ソ　ドラ　ソ……」

男の体から餃子のように湯気がもくもくと立ち上った。雨脚は激しくなっては弱まることをくり返し、黒い雨が揺らめく半地下で私はピアノを弾き、足首が水に浸かったままの彼はなんの夢を見ているのか笑っていた。

唾がたまる

アラームが鳴る。闇の中でせわしなく瞬く携帯電話の光は、彼女が一日をはじめるのに欠かせない警報のようだ。毎朝その小さな災難に手を伸ばす姿は、真夜中の豪雨に見舞われて海岸に打ち上げられた異邦人を彷彿とさせた。手探りで枕元の光を摑む。指のすき間から青い光が漏れる。携帯電話を握ったまま死んだように横たわっている。誰かがその姿を見たら、今まさに出動しようと拳を突き出しているスーパーマンみたいだと言うかもしれない。つまり彼女にとって朝起きて最初のルーティンとは、拳を振り上げることなのかもしれない。体を捻《ひね》る。体から関節の鳴る音がする。枕に顔を埋めて絶望的につぶやく。その絶望とは、いつも一種類のみ。**疲れた。**廊下に新聞の落とされる音が聞こえる。後輩がうーんと呻《うめ》き声をあげる。〈今日は一時間早く出勤しないといけないのに〉。頭上に原稿の束が散乱しているのが見える。〈遅れたら二万ウォンも払わないといけないのに〉。原稿は中学生の論述解答用紙だ。一枚につき千ウォン、一週間に百二十枚ずつ、五百字詰めの原稿用紙を添削する仕事だ。後輩は水性ペンを握りしめたままうつ伏せで眠っている。耳たぶには赤いインクが付着している。彼女はずきずきする体で寝返りを打つ。〈風邪かな?〉窓の外でオートバイの走り去る音がする。彼女はだらりと体を弛緩させてから素早く縮こまって丸くなり、もう一度つぶやく。**ほんとに疲れた。**

そして悩む。もう少し寝るか、起きるか。もう少し寝るとしたら、どれくらい寝るか。職場までタクシーに乗ると一万ウォン、罰金を払ったと思って一万ウォン分だけ寝たら駄目かな。このまま遅刻しちゃおうか。目先の睡眠に二万ウォンの価値があるなら、だったら寝てもいいじゃない。でも二万ウォンあったら、あんなこともこんなこともできるのに。まだ一度も遅刻したことないし、今日だけ遅れて行こうか。そう、誠実さっていうのは、未来の自分が犯すミスのために備わった才能なのかもしれない。罰金だって、結局は遅刻を許容するって意味なんだから。ちょっと申し訳なさそうなふりすれば済む話かも。昨夜の私が気絶するほど忙しかったのは、皆も見てたじゃない？　でも彼らだって同じくらい働いてたよね。ところで、いざ必要な瞬間に才能が枯渇しちゃってたらどうしよう？　こんなふうに悩んだりしなきゃ、あと五分は眠れたはずなのに。彼女は〈だから〉と〈でも〉の狭間にある深い渓谷に転がり落ち、浅い眠りにつく。もちろんタクシーで出勤するつもりはない。毎朝の起床に必要なもののひとつは決心ではなく〈ためらい〉なのだとわかっているのだ。そのためらいの瞬間に、自分にも人生を選ぶ権利が少しはあるのではないかという錯覚に陥ることも。彼女はびくっとして目覚める。そしてがばっと起き上がり、心を病む人のように叫ぶ。**何時？**　遅刻ではないが遅刻するかもしれない、世界の至るところに散らばっている、私たちの立場を困難なものにする時間、そんな局面の何時何分だ。

彼女はバスルームに向かう。そして何気なく便器の上でパンツを下ろして慌てる。生理だ。

〈まだのはずなのに〉。パジャマの下にパンツを脱いだまま、床に座りこんで水をためる。〈今日は体育大会の日なのに〉。彼女はリレー選手として出場しなければならない。会議のときは応援でもするかと傍観していたのだが、全員が何かしら一種目は参加する義務があるとのことで、どうしようもなかったのだ。部長がリレーの希望者を募ったとき、指名されないようにできるだけ俯《うつむ》いていた。それなのに誰かがさっと手を挙げて「パク先生を推薦します」と言った。退勤のたびに終電を逃すまいと死に物狂いで走る姿を見かけた、すごく速かったと。彼女は冴えない表情でパンツが水に浸かるのを待った。これまでの人生、体育大会で優勝なんて絶対にしたくないと思って生きてきたのに。絶対にしたくなかったけど予選は終わっているし、Tシャツも受け取った後だった。意外なことに予選では一位になったのだが、そのせいで余計に気が滅入ってしまった。理事長は優勝チームの賞金に二百万ウォンを掲げた。一発芸の優勝者には五十万ウォンを進呈するとも。彼女は今日リレーだけでなく、一発芸にも出なければならない。所属する科からは誰も出ようとしなかったので、最終的に全員でダンスを披露するようにという決定が下された。昼休みになると塾の屋上に上がり、ワールドカップの応援ダンスとして流行った〈頂点《コクチヨム》ダンス〉をさせられた。V字形に並んで腕と脚を広げ、前に一、二、三歩で地面をトン。後ろに一、二、三歩で体を捻る。そこ、パク先生、四十五度！　四十五度、わかってます？　拡声器の声に大急ぎで首を曲げ、反対に進もうとして隣の人にぶつかり、途方に暮れているあいだに最後のステップ強弱弱。真夏、日差しをさえぎるものが一切ない屋上で汗をだらだら流してダンスについていきながら、彼女はずっと泣きそうな顔をしていた。幼い頃に大嫌いだったものに〈連帯責任のお仕置き〉と〈一発芸〉があるが、頂点ダンスはその両方を合体させたような存在だった。俯いたまま、マーブル模様のようにうっすらと広がっていく血の混じった水を眺める。**今日、出勤するのやめようか？** 彼女は悩む。自分は何かを選択している最中なのだと信じられるように。そしていくらも経たないうちに冷水で髪を洗いはじめる。

あそこに、紅葉のように小さな手で朝の日差しをさえぎりながら走っていく彼女が見える。綿のズボンにオレンジ色のTシャツ姿だ。片方の胸には地球を象《かたど》ったロゴと〈祝 開塾十周年ニューエリート塾〉という文言が見える。光復節《クァンボクチョル》［日本の植民地支配から解放されたことを祝う日。八月十五日］なので人通りは少ない。ホットサンドを売る屋台も、フリーペーパーを並べるラックも閑散としている。エスカレーターに顔の浮腫《むく》んだ人たちが一列に立っているのが見える。全員が幼い頃の夢は〈立派な人間〉とまではいかないにしても、少なくとも〈祝日に出勤する人〉ではなかったはずだ。彼女はエスカレーターの長い行列に追いつくと〈塾にちゃんと通ってさえいれば、こんなことしてないはずなのに〉と嘆く。そしてすぐに恥ずかしく思う。面談のたびに親たちが口にする台詞のひとつが、うちの子は〈勉強ができないから〉ではなく〈欲がないから〉だということを知っているからだ。

彼女は木洞《モクトン》にある進学塾で働いている。中等部の一学年だけで千人を超える大手の塾だ。そこの国語科で中等部向けの講義を担当している。はじめて面接を受けて回ったとき、自分で自分に値付けしなければならないことに当惑した。どこの塾だったか「我々はお望みの金額をいくらでも払うことができる。先生が一ヵ月に千万ウォンくれと言うなら千万ウォン、六百万ウォンなら六百万ウォン。単に我々はそれだけの値打ちがある人材を手に入れることができていないだけだ。先生はいくら欲しいのか?」と訊かれたときもそうだった。レザーソファにワラジムシみたく座って苦悩した。少なく言えば無能だと、多く言えば図々しいと思われそうだった。院長が非常に〈公正だ〉と考える部分はどこかおかしいと感じたが、どこがおかしいのかはわからなかった。ただ、そのときの感情が羞恥心だったことだけは確かだった。彼女が模擬講義をするあいだ、毎月六百万ウォンほどもらっていると見受けられる、若い管理者クラスの講師はのけぞって居眠りしていた。彼女は塾側からの急な要請を受け、教材もなしに模擬講義をするのに冷や汗を流した。妙なのは、その瞬間〈できない〉という言葉が口から出なかったことだ。帰宅しながら憂鬱な気分になった。もっと楽だけど、たくさん稼げる塾を探してきょろきょろしていたくせに。とにかく今はそこではなく〈ニューエリート塾〉で講義をしている。

彼女は十三坪のワンルームの家賃と医療保険を毎月支払い、積立ファンドと積立貯金をするだけの生活力を持っている。同時に満期まで積立をするためには今日一日、シマウマのように必死に走り、熊のようにダンスをする必要があることもよくわかっている。たまに人生のある部分を前借りしているのだと感じないわけでもないけれど。黙々と一年ほど勉強して公営企業に就職する後輩たちを見ながら嫉妬するときもあるけれど。経済的に自立しているおかげで胸を張れ、飲み会の席でも焦る必要がなく、知人らの冠婚葬祭で義理を果たせるのも、やはり彼女が塾を辞められない理由のひとつだ。さらには〈辞めようかな〉という気持ちになるたびに、許しを請う恋人のごとく給料日が巡ってくるのだった。

駅の案内放送が流れる。人びとが乗車位置付近に集まってくる。彼女は大きく深呼吸しながら〈大げさに痛がるのはやめよう〉と心に誓う。生理中に大学入学共通テストだって受けたし、アルバイトもしたし、修学旅行にも行ったし、なんでもやってきたのだから。ふと後輩のことを思い出す。彼女は昼間に寝て、夜に働く。今の仕事は彼女が見つけてあげたものだ。しょんぼりした顔で求人サイトばかり検索していた後輩に添削の仕事を提案すると、一枚当たり千ウォンならホールの仕事より条件が良いと飛び上がらんばかりに喜んだ。だが原稿を渡して一日も経たないうちに、後輩は充血した目に涙を浮かべてこう言った。「先輩、韓国の中学生って、みんな頭が弱いみたい」。一緒に暮らすようになって三ヵ月が過ぎた。どうして家に住まわせようと決心したのかは自分でもわからない。あえて理由を挙げるなら後輩の声が好きだったからと言うべきだろうか。最初の夜に色々な話を聞かせてくれたときの眼差し、声の質感みたいなものが気に入ったのかも。彼女の顔が暗くなる。地下鉄が大きな音を立てて停車する。彼女は電車と線路のあいだにある奈落をぴょんと飛び越え、冷やされた車内に入っていく。ドアが閉まる。**寒い。**

入社してからずっと聞いてきた朝の挨拶は、どれもファッションにまつわる内容だった。「あ、ヘアスタイル変わった？」とか「パク先生、鞄が素敵ですね」。あるいは「スカートどこで買ったんですか？」のような。最初のうちは彼女も楽しかった。照れくさくもあったし、トイレの鏡に自分の姿を得意げに映してみることもあった。だがまもなく、ここの人たちは尋常じゃないと思うほど、同じような言葉をくり返していると気づいた。ファッションはお約束の挨拶ではなく、日常的で重要な話題だった。貧相なワードローブと女性講師からの関心に、次第にプレッシャーを感じるようになった。褒められた後には奇妙な負い目を感じたりもした。あるときは事務室のドアを開けるなり、全員が自分を素早くじろじろ眺め回し、点数を付けているのではと不安になった。だがそれは取り越し苦労だと理解した。誰かの変化に歓呼するのは、私たちのあいだに〈話題〉ができたという事実に安堵しているからかもしれないと。ところが今日、教務室のドアを開けた瞬間に耳にしたのはファッションを語る声ではなかった。

部長が呼んでいる。彼女は部長のデスクまで歩いていくあいだ、ミスをした可能性を推測してみる。これといって思い浮かばない。繊細で、誠実で、四半期ごとの教員評価ではつねに高得点を獲得してきた彼女だった。部長が訊く。SH1とCK2の組、先生が担当してるんですよね？　緊張して答える。はい、後輩が……。部長が話をさえぎる。だからさ。彼女は何も言わない。正しい答えをひとつ残らず間違って採点するってどういうこと？　彼女が机の上に置かれた原稿の束を見る。原稿には後輩の丸い文字が見える。添削欄にぎっしり書きこまれていて、それなりに入念にチェックしたようだ。〈例を挙げると〉が〈例を上げると〉に直してあるし、この文章は〈のために〉がひとつの文節として使われてるんだから読点を打たないと。生徒の親御さんたちがどれだけ高学歴か、どれだけ抗議の電話が来るか、わかってます？　後輩、本当に国文科なの？　彼女は何から言うべきか迷う。〈どれくらい間違えていました？〉と確認するべきか、〈後輩は本当に国文科です〉と答えるべきか、〈私がやり直します〉と収拾を図るべきか。最適な答えを見つけ出したかのように簡潔に言う。**申し訳ございません。**パク先生、一枚千ウォンでもね、我々が単語ひとつでも間違えたら、その百倍以上の信頼を失うことになるんですよ。後輩にはこれ以上任せられないと部長は言う。彼女は何も言えない。部長がわかったのかと訊く。彼女はためらう。部長が執拗《しつよう》に答えを待つ。彼女はしぶしぶ答える。**申し訳ございません。**わかったという意味だ。彼女は自分の席に戻って座る。他の講師たちが素早く視線をそらす。生理のせいでお腹がひんやり冷たい。ずるずる鼻水が垂れてくる。ティッシュを取り出して丹念に鼻水を拭っているとチェ先生が訊く。パク先生、風邪ひいたんですか？　彼女がうなずく。キム先生が訊く。夏なのにどうして風邪？〈夏なのにどうして風邪かって？　バカでかいエアコンの真横に座ってるからでしょ。私がいつもぶるぶる震えてるの知ってるくせに、誰も温度を上げたり切ったりしようって言わないからでしょ〉。不意にわかってもらえない悔しさや悲しみといった子どものような感情に襲われる。以前にひどい喉の風邪をひいたときも、全員が心配する言葉をかけてくれたが、代講をしてあげると言ってくれた人はいなかった。後輩にもちょっとイラついている。〈間違えやすい韓国語の正書法〉っていうファイルをプリントしてあげたのに。「電気消して寝なよ」と声をかけるたびに「いやいや。やらないと」と言っては、蛍光灯をつけっぱなしで朝まで寝ていた後輩のあどけない顔が浮かんでくる。部長が叫ぶ。全員、移動しましょう！　彼女は横目で部長を睨みながら思う。自分は、顔の文法が成立していないくせに。そして後輩のことをどれだけ知っているか自問する。〈例を挙げると〉を間違えて覚えているという事実以外に、あの子について語れる何か。高校三年間ずっと学んだはずのフランス語が何ひとつ思い出せないのと同じで、頭の中がぼんやりしてくる。チェ先生が肩を叩く。行きましょう。

後輩は話が上手だった。話術に長けているからでも、知識が豊富だからでもなかった。後輩は話しているあいだ、いま自分がしているのはもっとも重要な話で、意味のあることなのだという表情をした。彼女は後輩の声を聞くたびに、誤訳だらけの、奇妙な、良い哲学書を読んだときのように、胸がチクリと痛むのが感じられた。

はじめて家に迎え入れた日、後輩は小さな手提げバッグ以外に何も持っていなかった。所持しているのは大学の後輩だという事実。そうしてふたりは再会したのだが、そこには以前にも会ったことがあるという信じられないほど曖昧で、象徴的な名刺一枚しかなかった。後輩は物語に登場する旅人さながらに、一晩だけ泊めてもらえるか尋ねてきた。淡々とした礼儀正しい口調だった。彼女はためらったが、いいよと答えた。情のない先輩だと噂になりたくなかったのもあるが、一晩くらいならどうってことなかった。後輩の布団を敷き、温かいお湯でシャワーを浴びられるように準備した。それから自分はどうして受け入れたのだろうと真剣に悩みはじめた。一日くらい良い人でいたかったのだろうか。名目は〈依頼〉でも、実際は〈取引〉に近い交換が行われる社会で、こんなに一方的ながらも純粋な依頼に突撃され、うれしさのあまり当惑してしまったせいだろうか。あまりにも気軽に家に上げたところを見ると、自分はずっと前から要求や無礼を切実に待ち望んでいたのではないかとも思った。後輩がバスルームから出てくると、彼女は「何か食べる?」「楽な服あげようか?」「化粧水と乳液はここ、これはアイクリーム、水分クリームはあっち」「枕は高いのにする? それとも低いの?」と落ち着かないようすで質問しまくった。そしてこれ以上言うことがなくなると「ワイン飲む?」と、心にもない台詞を口にしてしまった。

その晩、ふたりは布団を畳み、ちゃぶ台越しに向かい合って座った。ちゃぶ台の上にはチリ産のワインが一本とグラスがふたつ置かれていた。彼女は前もって弁明した。ワインは好きだけどよくわからない、時々こんなふうに飲むのだと。ふたりはぎこちなく乾杯してから喉を潤した。音楽聴く？　彼女がノートパソコンの前に寝そべろうとすると、後輩は大丈夫だと答えた。ふたりはぽつりぽつりと言葉を交わした。どれも無難に誰とでも話せる平凡な話題だった。中身のない天気と政治の話、中身のない映画の話のような。後輩が他愛のない冗談を言い、はじめてふたりは一緒に笑った。昨日、先輩の夢を見たんです。彼女は怪訝そうな表情になる。ほら、たまに、親しいわけでもないのに、いきなり夢に出てきて大役を担う人っているじゃないですか。彼女がうなずいた。わかる、私の場合はエッチな夢に時々そういう人が出てきて焦ったりする。後輩がはにかむように笑って言った。次の日、いざ当人に会うと、なんだかきまり悪くてときめきません？　彼女は大笑いした。そう、本当にそのとおり。彼女はどういうわけか心が落ち着くのを感じた。後輩が話を続けた。先輩と私は東アジアのどこかで夏の野原に立ってました。特に仲が良いわけでもないのに、どうして一緒にいたのかはわからないけど、ふたりでいることだけは確かな事実でした。私たちは陰鬱な野原で異国の夜空を眺めていました。そしたら向こうの空に北斗七星が見えたんです。不思議なことにすごく低い位置に浮かんでいて、空にあるのはその七つの星だけでした。彼女は好奇心に駆られて話の続きを待った。私たちは星が見える場所に近づいていきました。そしてすぐに唖然としてしまいます。星だと思っていたのは、風俗店の屋根に被せられた豆電球だったんです。彼女は声をあげて笑った。あんた、根っからの嘘つきでしょう？　後輩が真顔になって言った。違います。本当の話なんです。後輩は話を続けた。それが電球だってわかった瞬間、不思議と安心したのを覚えています。ふたりはたくさん話をした。彼女は何がおかしいのか、たまにお腹を抱えて笑った。甘く酔って横向きに寝転がった。少なくとも好きでもない同僚の車の後部座席に座って、目的地まで無駄口を叩かなきゃいけないときよりはマシだと思いながら。賞味期限付きの安全な友情が自由な気持ちにしてくれたのかもしれなかった。一日って、どんな人でも誰かを好きになれる、いくらでも自分が望むだけ格好良くも親切にもなれる長さの時間だった。意図したわけではなかったが、自分の善意が後輩の軽口という形で恩返しされている感覚だった。後輩は良い声をしていた。ふたりはすぐにワインを一本空けた。

彼女が半目でクッションによりかかっているあいだ、後輩は手提げバッグの前にしゃがみ込んで中身をごそごそ探っていた。何か見せたいようすだった。後輩は彼女の前にやってきて座った。そして黙って手のひらを突き出した。小さな木の箱が置かれていた。形はシンプルだったが、手垢のせいでどことなくてかてかしていた。後輩が低めの声で言った。先輩、私が面白い話をしてあげますね。彼女がうなずいた。箱を目にしたら、どんな内容なのか気になった。私がここに来ることになったのは、今までお世話になっていた家に差し押さえが入ったからです。出ていってほしいと匂わせてきたわけではないけど、もうあそこにはいられなかった。彼女は緊張した。こんな形で、たかが小さな善意ひとつで、知りたくもない秘密を聞かされることになるのかと不安だった。私、子どもの頃からあちこち転々としながら育ったんです。学校でも勤労奨学生だったでしょう。後輩が勤労奨学生だったのかは覚えていなかったが、この続きが暗くてショッキングな内容でないことを願った。そんな話を残して去っていくには、この十三坪のワンルームは狭すぎるのではないかと。どこから話したらいいのかわからないんですけど。うん、大した話じゃないので気軽に聞いてください、先輩。彼女がぎこちない笑みを浮かべた。後輩は淡々と続けた。子どもの頃、市立図書館に行ったことがあって。正確にはわからないですけど、家からバスで二時間以上かかる距離にあったと思います。彼女もはじめて図書館に行ったのは中学生のときだったなと思い出した。後輩は記憶の中の図書館をこちらにお迎えするかのように、普段は遠いところにいる表情を顔に呼び出した。その日、母の手を握って巨大な静寂の中に入った瞬間、胸がとどろいたのを覚えています。後輩の眼差しが盲《めし》いた人のように遠くなった。彼女は箱を見下ろした。後輩がどんな話をしようとしているのか見当がつかなかった。母は図書館の休憩室に私を座らせると、ちょっと待っててと言いました。本を借りてくるからと。それからガムを一箱、私の手に握らせてくれました。退屈になったら、これを噛んで遊んでなさいと。彼女はうなずいた。母が閲覧室に消えると同時にガムを一枚取り出して噛みました。口の中にどこからともなく唾がたまって、何度も唇を舐めた記憶があります。私は椅子に座り、周りの人を見物して遊びました。そこが何をする場所なのかはよくわかっていなかったけど、静かにしなきゃいけないことだけは理解していたと思います。彼女はうなずいた。ところがいくら待っても母が来ないんです。焦り出した私はガムをもう一枚出して噛みました。十分が過ぎ、二十分が過ぎ、甘みがすっかり抜けてしまうまで。母は来ませんでした。彼女はなんというか、よくある話を聞くことになるんだなと思い、それがよくあるという理由だけで、後輩の不幸とは関係なく少し疲れを覚えた。〈それにしても市場や駅ならともかく、図書館に自分の子どもを捨てる母親なんているんだ?〉私は不安で、ひっきりなしに風船を膨らましました。それをぱちんぱちんと割りながら、ひとりびっくりする練習をしました。もうすぐ本当にびっくりする瞬間が訪れる気がしていたので。三枚目のガムを噛みながら閲覧室に入ってみることにしました。ガムって六枚入りじゃないですか。図書館は静かなところだから、母がどこかで寝ているのかもと考えたんです。私は母を探しました。本はどれも見た目がそっくりで、どこがどこなのかわかりにくかったけど、室内は迷路みたいだったから、なおさら母がそこにいるような気がしました。悲しみで喉がぐっと詰まり、四枚目のガムを噛みました。六枚すべて噛むまでは確信できないじゃないですか。そうでしょう。そうじゃなければ、母がわざわざガムを一箱もくれていくはずがないでしょう。彼女は慌ててうなずいた。こんなに遅いなんて、一体どれだけの本を借りるつもりなのでしょう。図書館は恐ろしいくらい静かでした。私は五枚目のガムの紙を剝がしました。がさがさという音がページをめくる音とともに消えていって。砂糖のパウダーがまぶされたガムを丸めて口に放りこみました。母はいませんでした。胸が痛んだけど、声をあげては泣けませんでした。もし図書館で泣いたりしたら、たぶんこの世でいちばん大きな泣き声になるはずですから。彼女は深刻な面持ちで聞いていた。母はついに来ませんでした。後輩がしばし彼女の顔を見た。そしてこれが最後のガムです。後輩が箱を突きつけた。注意深くふたを開けた。彼女は魅了されたように前屈みになって覗きこんだ。平べったい高麗人参のガムが一枚、まっすぐに置かれていた。彼女は息が止まりそうだった。本当に？　後輩が訊き返した。何がですか？　あ、いや。頭を突き合わせたふたりのあいだに沈黙が流れた。彼女はベルベットの上に優雅に横たわる高麗人参のガムをしばらく見つめた。包装紙はじとっとして色褪せていた。いくら高麗人参のガムとはいえ、それはすごく体に悪そうに見えた。その次に後輩がとった行動は誠に驚くべきものだった。ガムを摘まんで持ち上げたと思ったら、ためらいもなくぺりっと半分に割ったのだ。彼女は仰天して訊いた。な、なんでそんなことするの？　後輩が言った。先輩にあげようと思って。彼女の顔が真っ青になった。手榴弾を手に自殺しようとする脱走兵を落ち着かせる人のように、必死になって叫んだ。**やめて。**後輩はにこりと笑って答えた。大丈夫ですよ。

〈……何が？〉

ガムの切断面がぶるぶる震えた。ただのガムじゃないですか。後輩が言った。ありがとう。彼女は混乱した。すべてが嘘のようであり、本当のようでもあった。後輩の存在がフィクションに思えた。騙そうとしているのかな。後輩の家には嘘の倉庫があって、そこには賞味期限切れの高麗人参のガムが百箱は積まれているんじゃないだろうか？　ところで今でも高麗人参のガムって売ってるんだろうか？　それが事実かどうかは別として、重要なのは後輩の話が彼女の心を〈動かしている〉という点にあった。何度も遠慮した。結局はガムの半分を受け取るしかなかった。彼女はガムの欠片を化粧台の上の領収書入れに保管しておいた。ガムなんて後輩が出ていくまでに返せばいいんだから。とにかく一連の出来事とは関係なく、その晩の後輩が最後に口にした言葉が忘れられない。もしかすると、あの一言を聞いたから同居することになったのかもしれない。美しい声でこう言ったのだ。その日から姿を消した母を思ったり、心から愛した人と別れなきゃいけないときはですね。ガムの半分を押し付けられた彼女は力なく答えた。うん。離ればなれになり、立ち去るときに悲しみで胸がいっぱいになった、残酷な時間の数々を思い浮かべるときはですね。うん。後輩がどこまでも透明な表情で言った。

「今も唾がたまるんです」

　バスが走り出す。数十個のエアコンの吹き出し口から冷たい風が吹き出す。**寒い。**そして**憂鬱だ。**生理のためか、風邪のためか、祝日の体育大会のせいか、部長のせいかはわからない。エアコンの風と車内の臭いで車酔いする。車窓を眺めながら頂点ダンスの順序を思い返してみる。一、二、三、体を捻る。一、二、三、前進。狭いワンルームで練習していたとき、後輩がお腹を抱えて笑っていたのを思い出す。先輩！　何？　後輩は無邪気に笑いながら大声で言った。なんでそんなに下手なんですか？　天気は快晴、疲れた顔をした数人の講師がいびきをかいて居眠りしている。部長は最前列に座り、チーム長と一緒にビタミン飲料を飲んでいる。普段から国語科は数学科や英語科に比べて〈何もしない〉と誤解されてきたんだから、今回こそは目に物見せてやると大層な覚悟だ。通路を挟んだ席では塾の送迎バスの運転手をしているおじさんたちが話している。目的地まで残り一時間ほどだ。**ちょっと寝ようか？**　たらり、鼻水が垂れる。まったく、煩わしい。

後輩を迎え入れた翌日、彼女はつま先立ちで用心しながら服を着替え、化粧をした。後輩は死んだように眠っていた。ひとしきり眺めてから家を出た。眠っている人に出ていけと言うほど無情な行為はないだろう。彼女は気が散って落ち着かないながらも講義をし、会議を終えて帰宅した。玄関のドアを開けると、きちんと整頓されたワンルームにはいつどこにでも配達可能な荷物のように、後輩が自分の鞄とともにぽつねんと座っていた。出かけた後だったから。挨拶してから行こうと思って。彼女は靴箱の前で曖昧にうなずいた。だが、その次に何をどうするべきかわからなかった。うん、じゃあ気をつけて？　元気でね、機会があればまた会えるよね？　交通費はあるの？　彼女は思わず答えていた。じゃあ、ワインでも飲んでから行けば。

つまり、たぶん、その頃だったはずだ。不意にこの子と暮らしてみようかという気になったのは。その夜、彼女はワイン一本を空けると後輩より先にぶっ倒れた。そして翌日にひどい風邪をひいた。後輩は冷たい手を額に当て、塾に電話をかけ、黙々とお粥を炊いた。彼女は掛布団の外に細目を出して後輩の動きを見物していたが、薬でぼんやりした声で話しかけた。よかったら、身の振り方が定まるまでここにいても構わないと。後輩は何も答えずにキムチを切った。それが三ヵ月前の出来事だ。後輩は家に留まった。彼女が出勤しているあいだに家をぴかぴかにしたり、帰宅後に観たらよさそうな映画や海外ドラマをダウンロードして、きれいに畳まれたタオルみたいにきちんきちんとハードディスクに保存したり、たまに小菊をガラスのコップに挿したりしながら。そして暇を見つけては働き口を探して回った。彼女は次第にルームシェアしても良さそうな、合理的な理由を思案するようになった。後輩が働き口を探している以上、月々の家賃はふたりで負担しても構わないだろう。そのほうが後輩も精神的に楽だろうし、自分にとっても経済的に助かるだろうと。しばらくして、こうした意向をそれとなくほのめかすと後輩はためらうように訊いた。大丈夫ですか？

〈大丈夫ですか？〉だなんて、どういう意味だったんだろう。空に〈理事長さまのお言葉〉が響きわたる。大丈夫かって、結局のところは配慮を装いながら責任転嫁しようという意味だったんじゃないのかな。グラウンドでは四つのテントが向かい合っている。正面にあるのが本部席、残りはすべて応援席だ。本部席の木陰の下、幹部たちが無表情に座っているのが見える。彼女はもう後輩について考えるのはやめようと心に誓う。司会者がくじ引きの景品としてキムチ冷蔵庫と自転車、MP3プレーヤー、サッカーボールなどが用意されていると紹介する。グラウンドの中が期待でどよめく。国民体操のBGMが流れ出す。全員がBGMに合わせてぎこちなく足踏みする。曲の合間に〈一、二、三、四〉といった号令から〈脇腹！〉〈呼吸！〉のような戦闘的な掛け声が入る。彼女は国民体操のBGMを幼稚園児のときから耳にしてきた。そのたびに不思議だけど胸がいっぱいになり、爽快な気分になったと思ったら、いつの間にか敬虔な気持ちになったりしたものだった。だが今日はどういうわけか、体操が佳境に入る部分で男性の掛け声が〈全身運動！〉と叫ぶ瞬間、悲壮な旋律に合わせてオールを漕ぐ動きをするのが関の山だなんて、おかしくて仕方がなくなった。曲が鳴りやみ、巨大な人波が細長い列をなして散っていく。社員たちは所属する科ごとに異なる色のTシャツを着ていた。赤、オレンジ、黄色、緑、青、全部で五チームだ。彼女は〈うちの職場って、思ってたよりもかなり大きな組織だったのね〉と今さらながら感嘆する。大グラウンドではサッカーの予選、小グラウンドでは二人三脚とネット越しに球を蹴りあう足球《チョック》が行われる予定だ。応援団は二、三組に分かれて選手たちの前に陣取る。彼女は空気の入った白いビニールの応援バットを両手に握りしめてサッカー場の前に座る。国語科と数学科の男性講師たちが向かい合って一礼する。向こう側の応援席が〈わあー〉と雄叫びをあげると、国語科も〈うおー〉と歓声を送る。彼女は鼻水をすすりながら応援バットを打ち鳴らす。ホイッスルとともに試合がはじまる。澄みきった夏空の下、散らばっていく元気旺盛な若者たちの動きは軽やかだ。**勝て。**

後輩は彼女の家で暮らした。〈いつまで〉という言葉はどちらも切り出さなかったし、不要に思えた。後輩が復学する頃、あるいは貯金が貯まった頃に出ていくことになるのだろう、彼女はそう漠然と推測していた。家事は自然に分担され、生活費の支出も減った。長期休み以外は深夜に帰宅する彼女は、しょっちゅう後輩に〈何か買って帰ろうか?〉〈必要なものはない?〉とショートメッセージを送っていた。ふたりは床に座り、前屈みになってトッポッキを食べ、その日あった出来事を話し、公共料金の支払いについて相談した。たまにノートパソコンの前で顔を寄せ合うようにして映画を観ることもあった。誰かと暮らして楽しいと思える時間とは、何かを一緒に〈食べるとき〉なのだと彼女は知った。もうひとりいるという事実だけでも自分が普通の人間になったようだったし、ちゃぶ台もただの台ではなく、何世代にもわたって受け継がれてきた悠久の食卓のように思えた。

何度かのアラームが鳴っては消え、かったるい日常が過ぎていった。相変わらず後輩は良い声をしていたが、以前ほどはたくさん話さなくなった。ふたりに〈習慣〉というものが生まれてしまったせいだった。日常の習慣、関係の習慣、その習慣を予想する習慣まで。それは帰宅して玄関に立ち、〈あの中に後輩がいなかったらいいのに〉とはじめて考えたあの頃からだったのかもしれない。彼女は後輩のことをわかったつもりでいた。実際は後輩の習慣の中に否定的なリストを見つけただけなのに。主人公の死を待つ読者のように、後輩が小さなミスを犯すのを息を殺して待つようになった。もちろん自分がそんなことをしている自覚はなかった。彼女はあるとき〈ほら見たことか、そうなると思ってたんだから〉と後輩のミスに歓呼した。後輩は便器のふたをしょっちゅうびしょびしょにする。後輩は化粧品を無駄遣いする。後輩はクリーニングに預ける服を洗濯機に入れる。後輩は布団の上で添削をしてインクの染みをつける。後輩はドアを乱暴に閉める。後輩は芸能記事を見すぎる。後輩は電話でよくしゃべるし、タオルは一度使ったら洗う。後輩は服のセンスが幼稚だ。そのくせ私のスタイルにいちゃもんをつける。後輩はシャワーを浴びてから足の水気を完全に拭き取らないまま布団に上がる。彼女はこうした後輩の言動が嫌になった。最初は穏やかにたしなめた。後輩は気づかなかったというようにミスを認めて照れた。だが次もまた同じ行動をくり返した。彼女はそこが理解できなかった。何度も指摘しているのに、どうしてそのたびに忘れてしまえるのかと納得がいかなかった。もちろん後輩も、先輩である彼女に不満があったはずだ。でも彼女は、自分にはこれといった問題はないと思っていた。そのうちに他の部分も気にさわるようになってきた。後輩は水を飲まなすぎると思う。後輩は箸の使い方がおかしいと思う。後輩は足の指が節くれだっているが、それを見ていると嫌になってくる。朝起きたときの後輩の顔はテカりすぎだ。後輩はあまり野菜を食べない。後輩は軟らかく炊いたご飯のほうがおいしいと何度も何度も言う。つまり、どうも後輩は変なのだという気がする。水を飲まなすぎるし、あまり野菜を食べないし、足の指が節くれだっているから？　彼女は自分でも気づかないうちに苛立っていた。後輩は申し訳なさそうにふるまい、次も同じ行動をくり返した。だが彼女が何よりも耐えられなかったのは、自分の真似をされているという感覚だった。ファッションセンスからしてそうだった。彼女の着こなしを冗談の種にしていたのに、似たような服を買いこむようになった。最初は気にもしなかった。時々〈そのお金で貯蓄をはじめるほうがいいんじゃないか〉と幼稚なことを考えた。若くて明るい後輩が洋服に興味津々なのは自然な現象なのに。後輩は彼女の話し方を真似した。本来は言葉に持ち主なんて存在しないし、汚染され、共有されるのが当然なのに、自分が好んで使うボキャブラリーや冗談が後輩の口から飛び出すたびに盗まれた気がした。後輩が自分のノートパソコンの前に一日中座っているのも気になった。多くの時間を費やして丁寧に〈お気に入り登録〉しておいたリストを使って、いともたやすくネットサーフィンしているように見えた。特にひとつずつ分類しておいた音楽、映画、読書、哲学のサイトを巡り、知ったかぶりをかますのも気分が悪かった。音楽には疎いはずなのに、後輩のミニホームページには自分の好きなバンドの曲がBGM設定されていた。後輩はワイン愛好会に入会した。それからワインの歴史や分類法について学んだ。彼女よりも多くの知識を得ていった。塾からはじめてアルバイト代が出たとき最初にしたのも、彼女のためにワインを買うことだった。その晩、後輩は食卓にワインと外国産のチーズを載せてうれしそうに出迎えた。彼女は玄関に立って当惑したように尋ねた。**あんた、ワインも飲むの？**

サッカーは二対〇で敗退した。朝からずっと頭が混乱して集中できない。風邪のためだという気もするし、生理のためだという気もするし、部長のせいだという気もする。応援団は女子ドッジボールの試合が行われる小グラウンドへと移動する。女子ドッジボールといったら、体育大会の種目でも熾烈で殺伐としていることで有名だ。今回はオレンジ色のTシャツの国語科と、緑色のTシャツの英語科の対決だ。国語科の応援団長が先手を打とうと叫ぶ。「いいぞ、国語科、ナイスプレー、国語科！」皆が団長の掛け声に続く。彼女も自分の声を溶けこませる。英語科の団長が雄叫びをあげる。「オー！必勝英語科、オー！必勝英語科、オー！必勝英語科、オオオオオー、オレ、オレ、オレ！〔ユン・ドヒョンバンドが二〇〇二年FIFAワールドカップで応援歌として歌った『オー！必勝コリア』の替え歌〕」。英語科の歌が声高らかに響きわたる。国語科の講師のひとりが大声でユン・ドヒョンの悪口を言う。ユン・ドヒョンと英語科はなんの関係もないのに、英語科の数人が露骨に嫌そうな表情になる。ホイッスルとともにびゅん、びゅんとボールが飛び交いはじめる。選手たちが一斉にこちらへ動き、あちらへ動く。応援席から溜息が漏れる。彼女も密かに緊張する。あーという声とともに最初の選手が外野に出る。緑色のTシャツだ。国語科から歓声があがる。彼女はバットを打ち鳴らして心から喜ぶ。最初は応援だのなんだのと面倒くさかったのに、国語科に勝ってほしいと願っている。続いて二番目、三番目の選手が外野へと移る。攻撃手は怯えて右往左往する相手を神業の如く見つけ出し、気の毒になるほど思いきり〈叩き〉殺す。ずぼっ、下腹部を強打された国語科の講師が外野に追い出される。英語科は歓呼し、国語科の応援席は一瞬静まり返る。選手の動きひとつひとつに、すべての者が肝を冷やす。ゲームは少数の上手な選手がリードしていく様相を見せはじめる。彼女たちは敏捷にボールを避け、キャッチして仲間を救う。英語科のある選手は走って、ジャンプして、転がっての大活躍だ。彼女の人間性とは関係なく英雄になりつつあるムードだ。応援団長が叫ぶ。「国語科ファイト!」英語科の団長がやや嘲笑うような語調で切り返す。「英語科、cheer up! cheer up!」英語科の講師が一斉に「cheer up!」と後に続く。近づくことのできない洗練されたRの発音が、国語科の胸を突きながら波のように押し寄せる。重苦しいムードが漂いはじめる。誰かが指をくじいたようだ。英語科からはブーイングと非難の嵐だ。頭にもろに食らった英語科の講師が不愉快だったらしく「ファック」と吐き捨てて外野に出たために、冷ややかな雰囲気になったりもする。わざと相手チームに聞かせるように「何?」「ラインの中に入りこんでない?」「ルールも知らないのかな?」と皮肉る。判定へのいちゃもん。大勢の喚《わめ》き声。ゴロだ。反則だ。無効だ。あの先生、ボールが当たったのに出ていかない。外野に追い出せ。国語科の最高齢で中学校に通う子どもがふたりもいるホン先生は、審判に向かって青筋を立てながら「あいつ、端っこ踏んだじゃない。なんで外野に出さないんですか?」と嗚咽《おえつ》する。彼女はいつの間にか英語科が憎たらしくなっている。英語科がこの先どこと対戦することになっても、必ず相手チームを応援しようと心に決める。国語科は結局二対一で敗れる。意気揚々と場所を移動する英語科と異なり、国語科の雰囲気は惨憺《さんたん》たるものだった。講師のひとりが泣き出す。彼女も一時だが忘れていた生理痛がぶり返すような気分だった。

午後に行われる競技のほとんどが決勝戦だ。選手たちの体は午前中より重そうに見える。チェ先生は綱引きで手のひらの皮が剝《む》けたと文句を言う。応援団の士気も多少下がる。彼女はリレーに出場する準備をしている。国語科の成績は不振だが、リレーは全種目でもっとも得点が高いから逆転の可能性もある。手洗い場で手を洗っていると緑色のTシャツの講師が何人か見える。英語科だ。なんとなく不愉快だ。向かい側には社会科の人たちが見える。あのチームは弱すぎるから気にしなくていい。段々と人を色で把握するようになっている。スニーカーの紐を結んでいると部長がやってきて拳を握りしめ、勝利を祈って去っていく。

ピストルが鳴り響く。選手たちが走り出す。観衆から吐き出されるエネルギーで空っぽのグラウンドの内側が大きく膨れ上がる。僅差で走っていた選手たちの距離が徐々に開いていく。彼女は状況を見守りながら緊張する。国語科は一位で走っていたが、二位になり、三位へと後れを取る。彼女はアンカーだ。七人目の走者がバトンを握って力いっぱい駆けていく。彼女は上体を前に倒して準備態勢に入る。リードしている数学科が疾風のごとく駆け抜けていく。国語科が走ってくるのが見える。彼女は手のひらの感覚だけで素早くバトンをひったくって走り出す。どこからそんなパワーが湧いてくるのか、自分でも驚いている顔つきだ。ありったけの力で走る。あたふたと地下鉄駅に向かったときのように、終電を逃すまいと死に物狂いで駆けたときのように全速力を出す。人びとがグラウンドに身を乗り出す。彼女は科学科を抜かす。応援席は「おっ?」という雰囲気だ。彼女は先頭を行く数学科に追いつこうと全力で走る。距離は少しずつ縮まっていき、今やぎりぎりだ。皆が立ち上がる。理事長も部長も満足げな表情でテントの下に座っている。ゴールまでは二十メートルもない。ピストルが鳴り、彼女は二位でゴールする。全身から脂汗が流れ、心臓ははち切れそうだ。遠くで、国語科の部長が膝をぽんと叩いて座りこむ姿が見える。**喉渇いた。**

地下鉄五号線。がたんごとんと揺れる車内に座っている彼女が見える。真っ青な顔で両手いっぱいに保存容器のセットを抱えている。体育大会の記念品としてもらったものだ。行きかう人びとが横目でじろりと見る。彼女には恥ずかしがる元気すら残っていない。眠気を払いながら一日を反芻《はんすう》する。国語科は五チーム中三位だった。晴れがましさや恥ずかしさを感じるには中途半端な順位だ。頂点ダンスは振りつけを忘れることなく無事についていけた。でも国語科の汗だくの努力のわりに客席の反応は薄かった。複数で踊るのに良いという点を除くと、頂点ダンスは物珍しくも美しくもないからだ。人気をさらったのは社会科の男性講師によるセクシーダンスだった。一発芸の最中にどこかのチームが自分の科の部長をおだてる、いわゆる〈チーム内の龍飛御天歌《ヨンビオチョンガ》［一四四七年に朝鮮王朝から刊行された歴代王の事績を称える王朝礼賛の歌集］〉を歌った。次のチームも張り合うように自分たちの部長をおだてるスローガンを叫んだ。すると次のチームも部長の体面を保つために別バージョンで歌い出し、途中から〈いい加減やめたら〉という雰囲気が充満した。それでも結局は全チームが同じやり方で部長を〈よいしょ〉することになった。すべてのプログラムを終え、〈ついに今日一日が終わったんだな〉と安堵する頃、塾の送迎バスを運転するおじさんがいきなり演壇に上がってマイクを摑んだ。司会者が「最後に一発芸の志願者はいらっしゃいませんか?」と訊いた直後だった。その瞬間、言葉では言い表せないほど気まずい雰囲気になったが、誰も止めたり非難したりはできなかった。おじさんもやはり塾のメンバーのひとりだし、だからこそ今日の大会にも参加したのだった。でも退屈でうんざりする『南行列車《ナメンヨルチャ》』が歌われるあいだ、皆は奇妙な居心地の悪さを感じていた。あちら側、塾の送迎バスの運転手数人が酒に酔って拍手するだけだった。不思議なのは、その瞬間に後輩を思い浮かべたことだった。運転手のおじさんが演壇に上がるとき、なぜかもう後輩と暮らしたくないという気になった。〈どうしてですか〉と訊かれたら〈あんたは箸の使い方がおかしいし、あまり野菜を食べないから〉とは言えない、困った事情にあるわけだけど。もしかすると単純にそういう理由からなのかもしれなかった。でも自分はそんなこと言える人間ではないとわかっている。たぶん今日も昨日と同じで、ひとりしかめ面をしたまま心の中の史官［高麗・朝鮮時代に歴史書の編纂や資料を管理する役人］に後輩の習慣を告げ口する程度で終わるのだろう。彼女は後輩のことが嫌いではない。後輩に感じる居心地の悪さも、やはり一種の習慣なのかもしれなかった。保存容器のセットを抱きしめたまま目を閉じる。日焼けした鼻筋が赤く染まっている。終わったと思った瞬間におじさんの歌があり、終わったかなと雰囲気をうかがった瞬間に会食があり、本当に終わったなと安堵した瞬間に二次会があった。早く家に帰り、さらさらの布団にダイブして眠りたいと一心に思う。

彼女が玄関のドアを開ける。すき間から灯りが漏れる。布団の上に寝そべって添削する姿が見える。後輩が顔を上げてうれしそうに言う。先輩、お帰りなさい。彼女は保存容器のセットを床に下ろす。うわあ、先輩、それって賞でもらったんですか？　彼女は気乗りしない口調で答える。ううん。ただの参加賞。常備菜の入れ物がなかったからちょうどいいと後輩は喜ぶ。彼女はちらっと原稿用紙を見ながら言う。まだやってるの？　後輩が爽やかな笑顔で自慢する。はい、先輩、ほとんど終わりました。今週のテーマは多様性なんですけど、画一性は悪くて多様性は大事だっていう内容を、全員がそのまま画一的に書いて提出してるんです。笑えるでしょ？　彼女は後輩が差し出した原稿用紙をひったくる。見せて。後輩の顔に当惑がよぎる。彼女は素早く原稿用紙に目を通していく。〈例を上げると〉は〈例を挙げると〉に正しく直されている。理由はわからないが、さらに不愉快な気分になる。後輩が尋ねる。どうしたんですか？　彼女が言う。ここ。えっ？　間違えてるじゃない、ここ。後輩は無垢な表情で原稿を注視する。何が間違っているのかわからないという顔だ。一枚千ウォンでもね、こういうのをひとつでも間違えると、うちの塾のイメージはガタ落ちなんだから。後輩は何も答えない。彼女が付け加える。わからないなら訊くべきでしょ。後輩は唇を上下に動かす。彼女は自分のふるまいにムカついてくる。どういうわけか後輩に申し訳なく、申し訳ないから余計に腹が立つ。ぎこちない沈黙が流れる。後輩がかろうじて答える。すみません。次からは必ずちゃんと書きますから。添削の依頼はもうできないと、どんなふうに切り出すべきか彼女は思案する。夕飯は食べたの？　まだです。起きたばっかりで。彼女が言う。ご飯食べな。私はシャワー浴びるから。その後で話そう。彼女は部屋の隅で着替えの用意をする。後輩が原稿を整理する姿が見える。彼女が目を大きく見開く。思わず大声になる。**あんた、生理なの？**　後輩が面食らった表情で訊き返す。えっ？　後輩のベージュの短パンにコインほどの染みがついている。彼女は素早く布団を注視する。布団の上にも血がついている。彼女がもう一度訊く。あんた、生理なの？　後輩が中腰になって短パンの後ろを探る。そしてひどい濡れ衣を着せられた容疑者さながらに、顔の前で手を振りながら弁明する。予定ではまだなのに。おかしいな。本当にそんなはずないのに。後輩はおろおろする。彼女がたしなめる。こんなことになってるのに気づかないで寝てたの？　後輩が素早く布団を折りたたんで言う。気づきませんでした。これ、私が洗いますね。先輩、早くシャワー浴びてきてください。彼女は後輩の姿が気に食わない。この家を借りているのは私だと偉そうにふるまい、こういう検閲やわざとらしい気配りをしなきゃならない自分にうんざりしてくる。遅刻したせいで最後に残った嫌な配役を強引にやらされた学生のように、演劇だろうがなんだろうがすべてを投げ出したくなる。彼女が無意識に、そして吐き捨てるように言う。もうやめよう。後輩の瞳が揺れる。予感からあきらめまで、人間と別れるプロセスを一瞬で終えてしまうような訓練された眼差しだ。彼女は二の句が継げない。後輩は尻に大きな染みをつけたまま、バスルームに行くこともできずにうなだれている。

彼女が後輩をなぐさめる。体調も良くないし、最近は神経質になっている。でもずっと考えてきた問題だ。お互いのためにも、これ以上一緒にいるのは良くないと思う。今月末まで余裕をもって整理しよう。沈黙が流れる。少しして後輩が明るい表情を作って言う。わかりました。彼女が後輩を見る。後輩が言う。私もそのほうがいいと思います。大丈夫ですから、先輩。彼女は何も答えない。〈この子、こっちが謝ってもいないのに、なんで自分から大丈夫なんて答えるんだろう?〉後輩はお尻を片手で隠しながら、服を持ってバスルームへ向かう。彼女は呆然としていたが、立ち上がって服を脱ぐ。今月末までの気まずい日々をどう過ごそうか、今からもう心配になる。でも、ほんの少し我慢すれば平穏な日常が戻ってくるはず。彼女は早く孤独になりたかった。ふわふわした孤独に埋もれ、休日は一日中インターネットをしたり映画を観たり、だらしない服装のまま好きなときに起きて、好きなものを食べたい。たまに来客がある日はお祭りみたいにワインをぽんぽん開けたりして。そういえばかなり前からそういう生活ができていないと気づく。後輩がバスルームから出てくる。彼女はその場を避けるようにしてバスルームに向かう。後輩はそのあいだに部屋の片づけをして、夕飯を食べるのだろう。外でビールでも一杯やろうって声をかけてみようか? 鶏の丸焼きを注文して、色々話してみればわだかまりも解けるかも。シャワーハンドルを捻ると、しゃーとお湯が降り注ぐ。彼女は不意に、自分が金を稼いでいる事実に安堵する瞬間って、まさにこういうときじゃないかと考える。水道料金を支払えるということ、それをシャワーの下でとてもリアルに、感覚で気づけるということ、最高級ではないにしても普通より少し上質なバス用品でシャワーを浴び、快適さと、その快適さを可能にする条件について不安にも似た安堵を覚えるとき。そしてそのすべてを選択しているのは自分だと信じられるとき。彼女は体の隅々にまで石鹸の泡をこすりつける。そして熱いお湯で体を温めながら、せわしなかった一日に思いを巡らせる。色々なことが起こり、トラブルも多い一日だった。大事なのは、この一日が〈過ぎ去った〉という点にある。後輩と過ごす居心地の悪い日々も、やがて過ぎ去るはずだ。彼女は耳の穴やへその穴に溜まった垢をきれいに洗い流す。排水溝で彼女のと後輩のが混じり合った髪の毛が渦を巻く。シャワーを終えると体も心も和んだ気分だ。後輩が出ていくまでのあいだだけでも、できるだけ親切にしてあげようと決心する。体にタオルを巻いて出る。浴室マットに足をこすりつけながらようすをうかがう。おかしい。部屋の真ん中に年代物の侘しさが客のように鎮座している。片隅にきちんと畳まれた布団が見える。カバーは剝がされた状態だ。室内を見回す。いつもハンガーの下にあった後輩の鞄が見えない。後輩がいない。

深い夜だ。あそこに、紅葉のように小さな手を額に当てて横たわる彼女が見える。枕元にはアラームが設定された携帯電話が置かれている。ずっと前からそこにあったかのような、しんと静まり返ってほのぼのとした闇は彼女の体にぴったりフィットする。体を捻る。全身がだるい。今日はタンポンを使っているから、経血が漏れるのではと不安になりながら寝なくて済みそうだ。タンポンは体に悪いと猛反発していた後輩を思い出す。たらり、鼻水が出てくる。風邪が悪化しようとしているようだ。**疲れた。**彼女は布団に仰向けになって静かに呼吸のリズムを合わせる。長い時間が流れる。眠れない。寝ようと努力する。明朝の〈ためらい〉は何倍になるのだろうと焦燥を感じる。早く寝ようと自分に催促するほど眠りは遠のいていく。あきらめたように起き上がるとパソコンを点ける。眠れないし、雑念に悩まされていたからドラマでも観ようと思ったのだ。ノートパソコンを床に置き、ハードディスクに保存されたフォルダのひとつを開く。最近に観たアメリカドラマの動画が、韓国語の字幕ファイルと一緒にずらりと連なる。後輩がダウンロードしたものだ。彼女は第二十四話と書かれた最後のファイルを開いてみる。最初の部分を見ると、すでに視聴済みのファイルだ。ドラマのシーズンⅠが全二十五話で終わることを知っている。おそらく最終回は今日の午前中頃にアップロードされたはずだ。彼女は悩む。ファイルを新たにダウンロードするのは面倒だし、その一方ではどうしても視聴したい気持ちもある。〈今〉じゃない〈次〉に向かって、次のために走っていく、あの魅惑的なストーリーの結末を今晩どうしてもこの目で観たいのだ。動画をダウンロードできるサイトに入る。第二十五話を検索してから軽くクリックする。遅くとも十分以内に完了するはずだ。ふたたび布団に仰向けになる。枕元のノートパソコンの光が青く揺らめく。遠い場所から、水道管を伝って飛んでくる数千羽の蝶々の群れみたいに——電磁波を伝ってやってくる数多《あまた》のbyte《バイト》が、いくつもの物語の点が、パソコンの上へと軽やかに舞い降りる。彼女は頭頂部に静かに降り積もる物語の完了を待ちながら死んだように横たわっている。ふと何かを思い出す。この数ヵ月間はすっかり忘れていたのに、なぜいきなり頭に浮かんだのかわからない。彼女は起き上がる。そして化粧台へと歩いていき、領収書入れを開けてみる。あらゆる領収書とクレジットカードの利用伝票のあいだに、半分に切られた高麗人参のガムが惨めったらしく埋もれているのが見える。注意しながらガムの欠片を摘まんで持ち上げる。そして包装紙を外し、ふにゃふにゃとくっついている銀紙を剝がす。高麗人参のガムは肉片のように疲れてぐったりしている。ガムを鼻に当ててみる。消えそうで消えない香辛料の痕跡を一筋、嗅覚細胞が捉える。埃みたいに密やかでかすかな匂いだ。彼女はためらうことなくガムを口に放りこむ。「信じられない」。驚いたようにつぶやく。「まだ甘い」。ゆっくりとガムの欠片を噛みながら無表情に横たわる。甘くてほろ苦い味が唾とともに口いっぱい広がっては消え、消えては広がる。彼女は身を縮めたままガムをくちゃくちゃ噛み、甘みが抜けるまでドラマの〈ダウンロード完了〉を待つ。モニターの薄暗い光のせいか、ほろ苦い高麗人参ガムの味のせいか、ガムを噛む表情は泣きべそをかいているようでも、そうじゃないようでもあって、ひどく奇怪に見える。まだアラームは鳴らず、鳴るはずのない、深々とした夜更けだ。

クリスマス特選

今日は一年でもっとも静寂に包まれた都市に会える日だ。午前一時、ひとつ、またひとつと消えていく灯りも見えなくなり、街の人通りも絶える頃——ソウルは壊れたメロディーカードのように、しんと静まり返っている。男はアディダスをパクったジャージ姿で、インスタントのピビン麺の袋を小脇に抱えたまま空を仰ぐ。低く垂れこめた雲のすき間へと電線が五線紙のように伸びている。男の顔に雪の花が舞い降りて、するりと溶ける。楽譜を通り過ぎ、いちばん低い音に向かって下りていく音符の数々。街灯の光に照らされて、触れたら暖かそうな黄色に染まった雪だ。

男はポケットに手をつっこむと足を速める。家の前にあるよろず屋がやっていなくてコンビニまで足を伸ばしたのだが、帰り道が遠い。煙草を一箱とピビン麺を買ってせわしない足取りでこそこそと部屋に戻るあいだ、ポケットの小銭がちゃらちゃらと救世軍の鐘を思わせる軽快な音を立てる。彼女の顔を思い浮かべる。空から男の種のような白い雪が無数に降ってくるからかもしれない。今宵、世界にはかなりの数の〈子ども〉ができるのだろう。クリスマスに彼女の消息を気にする自分が気に食わない。その消息は、渡す相手の気分を想像するために何度も押したせいで、いざ手元に届いたときには音が出なくなっていたメロディーカードのような、失敗に終わるだろうという予感を孕んでいる。セックスしようと遠回しに伝えてから、ひとり拳を握りしめたときのように、あのときと同じく、小さくつぶやく。

「なんで俺って、こうも白々しいんだ……」

男は近所の安宿をじろりと見つめる。白い立て看板に赤い字で〈安宿〉と書かれている。安宿の名前は〈安宿〉だ。安宿、知らないのかよ、他にどんな説明が必要なのだと言わんばかりだ。〈安宿〉は作り物のツタに覆われた三階建てで、入口には一年中クリスマスツリーが置かれていた。毎日がクリスマスであるかのように悲しく光る五色のライトは、今日という日を嘘に仕立て上げるかのように、せっせと瞬いている。男はそこに入ったことがないが、どんな場所かは知っている。これといった想像力は必要なさそうだ。韓国の安宿なんて済州島《チェジュド》からソウルまで大体たかが知れている。構造も、客層も、やることも。ところが、たかが知れているものには常に不思議な魔力があり、たかが知れていると頭ではわかっていても、そのたかが知れている感じが不思議で、本当にたかが知れていると信じられるまでは、何度でも確かめさせる何かを持っている。毎日そこを通るたびに〈じろじろ見るのはやめよう〉と心に誓いながらも、必ず目をやった。そしてそんな自分に誰かが注目したらどうしようと足早に歩み去るのだった。

男は安宿を不浄な場所だとは思っていなかった。モーテルや安宿の窓を見上げながら〈羨望〉を感じた。こんなに多くの部屋が存在するのに、れっきとした自分の空間がないという不安からだった。男は数年にわたって妹とルームシェアをしていた。実家の家計が苦しかったためだが、いい歳をした大人の兄妹が一緒に住んでいるのは物笑いの種になりそうな現実だった。ふたりにとっても不便な点がないわけではなかった。妹はきまり悪いシチュエーションになると、男に向かって素早く冗談を言った。あるいは面と向かって責め立てるときもあった。男は「年下のくせに生意気だ」とたしなめたが、その生意気な態度がどれほど大きな気遣いだったか後に知ることになった。それはともに暮らしていくのに必要な知恵でもあった。だが男は恋に落ちたとき、はじめて自分の部屋があったらと思った。必ずしもセックスのためだけではなく、とりとめのない会話をして、一日ずっと一緒にいられて、安宿みたいに裏から出なくても済む、そんな部屋だったらと思った。

自分の部屋で恋人と体を重ねなかったわけではなかった。かすかな気配にもびくびくしなくてはならなかった。誰かが来そうな雰囲気。外に出なきゃいけなそうな雰囲気。それでもどうしようもなく燃え上がる青春と、かすかな肌の匂い。目を閉じて覆いかぶさった彼女の上で朦朧としながら乱れ、淫らな台詞を口走る頃になると、決まって近所の子どもたちがはしゃぐ声、野菜を売るトラックの拡声器から響く声、下水道の工事音が聞こえてきた。はじめて愛していると言ったときもそうだった。雲に覆われた空、暗い都市、雨の落ちる音がふたりの胸の中に、その締めつけられるような切なさの底に同心円を描きながら、ゆっくりと絡まってはほどけることをくり返しているとき——ふたりは心の声を聞こうと何も言えずにいた。抱きしめてキスしてから、男は彼女の目を覗きこんだ。急にどうしても愛していると言いたくなった。心が男に向かってささやいた。〈今だ、今を逃したら駄目だ、今しかない、そういうときってあるだろう〉。男は大事な話をするように、この思いをしっかり聞いてほしいというように力強く告げた。

「愛してる」

彼女の手が男の顔に触れた。男は期待に満ちた目で見つめた。彼女の唇がゆっくりと開き、今まさに返事が伝えられようというとき、窓の外から子どもたちの一団が通り過ぎる気配と叫び声が聞こえてきた。

「おい、ヤリマン！　そうじゃねえだろう！　あのバカ、いつもああなんだよな」

部屋の空気は外界の騒音でずたずたになって萎《しぼ》んでいった。男はエッチなジョークを言ったのに、誰も笑ってくれなかったときのように死にたくなった。彼女のアソコの毛を気弱そうにいじりながら〈あぁ、そのバカは、いつもそうなのか〉と思った。〈ほんとに悪いバカだな〉と。

彼女と別れて数年が経ち、今は別の場所に住んでいるが、男は相変わらず自分の部屋があったらと思っている。この借家も安宿と同じで、そのうち出ていってくれと電話がかかってくるのは確実だからだ。ソウルに暮らして十数年、さまざまな場所を転々としてきた。バスルームが共用のワンルームや、梅雨になるとズボンの裾をまくり上げて水を掻き出さなくちゃならない半地下もあった。彼女も理解していた。部屋によって変化する抱擁と約束事や、どんな空間に引っ越してもついて回る焦燥についても、よくわかっていた。

男がいちばん長く暮らしたのは、大学街の近所にある五階建て住居の屋根部屋［建物の屋上にある簡易的な造りの部屋。住み心地が良くないため家賃が安い］だった。一階にある大家の家を正面からぐるりと半周回り、外階段をひたすら上ると現れるプレハブだ。階段は狭くて急なのに手すりがなかった。上るときは重心を低くしたまま、アクロバットのような動作をしなくてはならなかった。そこでは万事において注意する必要があった。歩行も、シャワーも、セックスも慎重に行わなくてはならなかった。男と彼女はせっせと階段を上った。踏板に氷が張った日も、雨風が吹きつける梅雨時も、セックスのために階段を這い上がるふたりの姿は、まるで北極の氷山にしがみつく遭難者のようだった。男は空の中へと歩いていく彼女の後ろ姿を見ながら、このまま永遠に消え失せてしまうのではないかと気を揉んだ。そしてある日、彼女が本当に消え失せたとき、はるか下方まで続く階段をひとり見下ろしながら男は思った。彼女が去ったのは心変わりしたせいじゃない、ただちょっと脚が痛かっただけなのだろうと。

だが、もう心は痛まない。男の小脇ではインスタントのピビン麺が優しくかさこそ鳴っているし、今晩のテレビは間違いなくクリスマス特選の映画を放映するだろうから。あそこの〈安宿〉の看板はライトが消えている。どうやら満室らしい。〈クリスマスだからな〉男は笑う。〈ヤクザの親分なんかだと、今日は三人とやるヤツもいるんだろうな？〉そんなことを考えたらしょんぼりしてきた。鹿の角を頭につけた若い女の子が三人、遠くのほうで「メエー」と鳴く。〈……鹿の鳴き声って、そんなだったっけ？〉頭をひねるが、そもそも鹿の鳴き声を聞いたことがない。ただ今宵、地球上の恋人たちが全力で雄叫びをあげているであろうことだけは確かだ。初体験のあと、どれほど戸惑ったか。友人の顔を見ながら〈あいつもやってるし、あいつもやるんだろうな？〉と想像したところで〈うちの親も米屋のおばちゃんもやってるし、李《イ》舜臣《スンシン》「豊臣秀吉が朝鮮に出兵した際に日本軍に勝利を収めた名将。国民的英雄として尊敬されている」も、ビートルズも、蔣介石もやったんだよな？全員が？〉という結論に至ってうなだれた。〈ってことは妹も？〉もちろんかなり前の話だ。思春期だったら、うるうるした目で〈先生もやるんですか？　そうなんですか？〉とでも言っただろうが、今は〈ちょっと、同じことやってるもん同士だっていうのに、一体どうしちゃったんですか？〉なんて、とぼけるかもしれない。インスタントのピビン麺を揺らしながら横断歩道を渡って路地へと向かう。そして退屈そうに携帯電話を取り出すと、妹にショートメッセージを送信する。

——何してんの?

もう三度目だ。男は意地悪な笑みを浮かべる。妹がいま何してんのかはわかっている。朝からあたふたとボディクリームや香水、下着の類いを用意する姿を気づかないふりしながら盗み見ていたからだ。彼氏のことも知っている。家の前で鉢合わせしたときに礼儀正しくぺこりと挨拶してきたのを覚えている。妹は今、そいつといるはずだ。だからって兄らしく叱るような内容を送りつけるつもりはない。構わないさ。ビートルズだって蔣介石だってやってるんだから、妹がしたって別におかしくはない。どうせなら、うまくやれよと励ましてもやりたい。男は三時間ごとに同じメッセージを送っている。妹は今頃キレていることだろう。真っ赤に凍りついた指に力を込め、もう一度メッセージを送る。

——だから、何してんの?

携帯電話をポケットにねじ込みながら辺りのようすを探る。さっきから変だなと感じていたが、何がおかしいのかわからなかった。がらんとした。都会の北側。都会の外れ。やがて街に自分しかいないことに気づく。周囲を見回しながらつぶやく。

「みんな、どこ行ったんだ?」

寒さでぴんと張りつめた電線が大きく揺れる。ラジオからはカナダの国境付近の鹿が電信柱に登って死んだというニュースが流れ、売れ残ったクリスマスカードの上で赤鼻のトナカイが静止した笑みを浮かべている夜。どこからか聖歌隊の少年がキャンディの包み紙を取る音だけが〈がさがさ〉聞こえてくる――今日は一年でもっとも胸がいっぱいの朝を迎える日、クリスマスだ。

*

女が曇った窓ガラスを袖口で拭う。ラジオからは「トゥルグックァ」の『またしてもクリスマス』という曲が流れ、窓の向こうでは雪が降っている。女は膝を閉じた姿勢で何か考えこんでいるように見えるが、実は少し腹を立てている。男は女の顔色をうかがいながらワイパーでフロントガラスの雫《しずく》をはらう。最近百五十万ウォンで購入した小豆色の中古車が凍った道路を滑るように走っていく。ついさっきまではムード満点だったのに、全部〈部屋〉のせいだ。

ふたりは大学時代から付き合いはじめたので、今回が四度目のクリスマスになる。ところが一緒に過ごすのは今年がはじめてだ。最初の年、女は何も言わずに田舎の実家へと帰省してしまった。自分は何かしでかしたのではないか、男はつながらない携帯電話を握りしめてくよくよ落ちこんだが、女が都落ちしたのは単純に〈服がない〉ためだった。心底落ちこんでいた。兄とワンルームで暮らしているのだから、洋服やらアクセサリーをたくさん持っているはずもなかった。学費を貯め、残ったお金で着飾ったりもしていたが、ブラウスを買うとそれに合うスカートがなく、スカートを買うと靴がなかった。女の装いにはスカーフを巻いたアヒルのように中途半端なところがあった。本人はそれを知らず、しばらくは新しいスカート一枚にもうきうきして、自分だけの自信に包まれてキャンパスを飛び回っていたものだった。ところがあるとき気づいたのだ。洗練とは一朝一夕に完成されるものではなく、長年の消費経験や見る目、小物との自然な調和から滲《にじ》み出るのだと。〈お洒落に着る〉のではなく〈自然に着こなす〉ためには、センスと同じくらい生活の余裕も必要なのだと。二十歳の女は、男に可愛く見られたかった。それは虚栄心である以前に素朴な純情だった。というわけでクリスマスの日、男に着こなしを非難されたことなんて一度もないのに、持っている服が粗末だからという理由で逃げてしまったのだった。焼酎でひとり酒をしてその日を過ごした男は、女が雲隠れしたいきさつを今も知らずにいる。

二度目のクリスマスのときは、男が実家に戻らなくてはならなくなった。母親の具合が悪いというのが理由だった。男はその日ソウルにいた。服ではなく金のためだった。新卒で就職できなかったので、この一年は女の世話になりっぱなしだった。女は居酒屋でアルバイトをして、デートのたびに食事代や安宿代のような細々とした費用をもってくれていた。男は申し訳なく思っていたけれど〈もう少しだけ彼女の世話になろう〉〈就職したら、いっぱいお返ししよう〉と心に誓い、せっせと願書を出した。アルバイトをする考えがなかったわけではない。でも自己紹介書や履歴書を書くだけで丸一日かかった。〈はじめて見た会社の志望動機とか十年後の自分の姿に、千五百字も書けるかよ〉もどかしく思いながらも履歴書の作成には念には念を入れた。そのあいだに会社の情報を分析し、面接用の回答集を作り、筆記試験の準備をするのにも数日かかった。ないのは時間だけじゃなかった。基本的な交通費や食費から結婚祝いのような予想外の出費まで、金のかからないところがなかった。しかも面接に着ていくスーツなんて買った日には、二ヵ月分の生活費が一瞬で飛んでいった。好印象を与えるためにはスーツの安さばかりにこだわってはいられなかった。でもスーツを買うと靴を買わなくてはいけなくなり、靴を買うと鞄を買わなくてはいけなくなった。そうやって何度か面接を受けているうちに季節が変わり、季節が変わるとまた新しいスーツが必要になった。いつだったかものすごく寒かった冬の日、コートを買う金がなかった男はスーツの上に黄色いダウンコートを羽織って面接に向かった。行きかう人びとが自分の古びたダウンコートをじろじろ見ているようで冷や汗をかいた。でも男を何よりも苦しめたのは、試験のたびに〈合格ぎりぎり〉の成績で落ちるという事実だった。自分を励ましてくれる女の前で〈こいつ、俺のこと我慢してんじゃないかな〉と自責の念に駆られた。そのうちにあらゆる年末の請求書が一気に押し寄せる十二月になり、また試験に落ち、生活費も底を尽きかけた頃——いわば疫病のようにクリスマスがふたたびやってきたのだった。

クリスマスを数日後に控えた日、男は図書館の休憩室に座って自動販売機のコーヒーを飲んでいた。女が卒業祝いにくれた万年筆を取り出し、クリスマスにかかる費用を紙コップに書き出していった。夕飯に二万ウォン、映画に一万四千ウォン、プレゼントに二万ウォン、お茶に一万ウォン、泊まるのに四万ウォン……。ざっと見積もっただけでも十万ウォンを超えた。女がお茶代や映画代を出すとしても、男にとって安い金額ではなかった。工面してこようかとも思ったが、借金できそうなところはもう残っていなかった。女とクリスマスを過ごしたかった。夕飯を食べて、プレゼントを渡して、ワインとかカクテルなんか飲んで、普段より少しお高めのラブホテルですてきなセックスもしたかった。そう……人並みに。金は用意できなかった。だからってクリスマスの日にまで費用の全額を女に負担させる情けない男にはなりたくなかった。結局、嘘をついた。〈母さんの具合が悪い〉。それが自分と女にしてやれる、たったひとつのクリスマスプレゼントだった。

三度目のクリスマスがやってくる頃、ふたりは別れていた。女が就活に苦労していたとき、男は残業と過労のせいで気遣ってあげられなかった。女は、自分の悩みをつまらなそうに聞くようになっていく男に傷ついた。男はただ疲れているだけだと言った。同じ不満と弁明がくり返され、ふたりは別れた。ありきたりの別れだった。
ふたりは数ヵ月後に再会した。でもそれは世の恋人が一度は経験する、ありきたりの別れだった。でもそれはクリスマスが終わった後だった。女はクリスマス当日、〈安宿〉の前で言い争う恋人を何気なく見つめてしまい、見知らぬ男に「なに見てんだよ、てめえ！」と言われて驚き、そんな言い方しなくてもいいのにと悲しく疾走する羽目になった。ばくばくする胸を抱えて走りながら、ふと男に会いたいと思った。

そして迎えた今日、ようやくふたりだけの完璧なクリスマスを過ごすことになった。いつにも増して嬉しかったし、ゆとりのあるクリスマスにする準備もできていた。今の男にはちゃんとした職があり、女にもきちんとした靴とシンプルなお洒落着がある。ほんの少し洗練され、デートの費用より駐車するスペースを、服よりは住宅請約通帳［韓国は完成前のマンションにお金を払って購入する先分譲方式が一般的であるため、この通帳に一定期間の積立をした者から分譲マンション購入を申し込む優先資格が与えられる］について悩む年頃になっていた。今のふたりに必要なのは服や金ではなく〈部屋〉だろう。ずっと誰かとの共同生活だったから、恋愛中はとにかく泊まる場所を探し回っていた。同居人のいない隙に、それぞれの借屋でお互いを抱きしめるときもあった。でもそれは非常に不安な抱擁だった。体を交えている最中にいきなりドアが開き、女の兄でも入ってきたらと思うと不安でたまらなかった。一糸まとわぬ姿で目でも合おうものなら、そのときは――〈死を選ばなくては〉と。男はあるとき指折り数えながら驚いたように言った。俺たちがこの四年間につぎ込んだラブホ代だけでも数百万ウォンを超えると。なんとなくその数字が自分たちの愛情指数を表しているようで、女は満ち足りた気持ちになったが、それは当時のふたりの銀行残高よりも多い額だった。今日はラブホテルに行くのだろう。なんの約束もしていなかったけれど、男と女は付き合って長いカップルらしく、ちゃんとわかっている。今宵はともに過ごすことになるのだろう。まさに四年越しに叶ったクリスマスデートで、ついに〈やれる〉ことになったのだと。

映画を観た。クリスマスシーズンを狙ったロマンティック・コメディだった。退屈な作品だったが、ふたりは〈何かしている〉という気分に浮かれていた。映画が終わるとカジュアルレストランに行った。三十分以上待って席に通されたが、ふたりは笑っていた。女は今日の装いが気に入っていたし、男は以前に紙コップに書いたスケジュールをひとつずつ実現しているようで嬉しかった。皿が下げられていないテーブルに座った。スタッフがやってくると、男の前に片膝をついて座った。そしてオーバーな声で挨拶すると、ご注文はお決まりですかと訊いた。ふたりはメニューを広げた。男の顔に当惑の色がよぎった。どれもはじめて見る料理ばかり、しかもメニューについている選択肢がちんぷんかんぷんだったからだ。サラダのドレッシングは〈スモーキー・ハニー・ディジョン〉を頼むべきか、〈バルサミコ・ヴィネグレット〉を選ぶべきか、このセットとあのメニューは何が違うのか、ステーキをよく焼いてほしいと言ったら野暮ったく見えないか、飲み物はひとつだけ注文しても大丈夫なのか、そして何よりも、困り果てている自分をスタッフが見下さないかと心配していた。注文が不慣れな客はスタッフにとってよくあることらしかった。ふたりは親切な説明を聞いているうちに、いつの間にか注文を終えていた。スタッフは明るくはきはきした声で「ご注文を確認いたしますね、お客さま」と言った。男はうなずいた。スタッフはメニューをいちいち読み上げ「間違いないでしょうか、お客さま？」と尋ねた。まもなくオレンジエードとスープ、パンが運ばれてきた。女はスプーンを手にすると、小綺麗な器に盛られたオニオンスープを一口すくって飲んだ。そして明るく笑って言った。

「おいしい」

男は照れくさそうに答えた。

「うん。パンも」

続いてオリエンタルチキンサラダ、テキサスリブアイ、パスタ・プリマベーラが順番に提供された。ふたりは食事しながら、これまでの思い出や同級生にかんする噂、職場でのストレスについて会話した。〈なんでこういう日って、いつもより昔話に花が咲くんだろう〉と思いもしたが、実際はなんでもよかった。男はおかわり自由な炭酸飲料をストローで吸いながら周囲を見回してみた。同じテーブルクロスのせいか、ここに来ている客は全員そっくりに見えた。チキンに使われているワキガみたいな匂いの香辛料が口に合わなかったが、〈部隊《ブデ》チゲ〉が食べたいという本音は口にしなかった。注文に不慣れなせいで料理はたくさん残り、男はレストランを出るときに七万ウォンを超える食事代をクレジットカードで支払った。

食事を終え、ふたりは高層ビルの上にある高級バーに向かった。ラブホテルに直行するのは照れくさかったからだ。手をつないで自動ドアの中に入ると、こざっぱりした身なりの店員が近づいてきて男に声をかけた。

「二時間以内に二杯目のオーダーがなければ席を空けていただきますが、よろしいですか？」

テーブルの上にはキャンドルが灯り、店内にはジャズ風のクリスマスキャロルが流れていた。男はノンアルコールのカクテルを、女はワインを注文した。揺らめく炎の向こうに見えるお互いの顔は、いつもよりも魅力的に映った。プレゼントを交換した。男はネクタイの色が気に入らなかったが、ありがとうと言った。女はそろそろと広げてみた。赤と緑がメインカラーになっている、クリスマス仕様のパンティとブラジャーだった。パンティのゴムの真ん中にはちまちました金色のベルがついていた。男は女の体に絡みつく下着を想像し、パンティにつけられた、あの小さなベルが今にもちりんちりんと鳴り出しそうだと笑みを浮かべた。

最初に入ったラブホテルは入室を断られた。ふたりは〈そんなものか〉と気にもしなかった。ラブホテルならソウルに嫌というほどあるし、ほかを探せばいいだろうと思ったからだ。次のラブホテルに入ってUターンしたときも深く考えていなかった。〈普段の週末も、こういうことが何度かあったし〉。でも市内を一時間以上回っても部屋は見つからなかった。クリスマスは宿泊施設の空室が一瞬で埋まることを男は知らなかった。今日みたいな日に部屋を取るつもりなら夕方のうちに入るか、予約をしておくのが安全だということも。ようやく空室を見つけると、そのたびに男が〈あそこは会社の目の前〉だから、〈あそこは駐車場がない〉からとダメ出しをした。男が大喜びして「あそこはどうかな?」と訊いたこともあった。女はちらっと見ると「看板のライトが消えてるのは満室って意味でしょ」と答えた。男はぽかんと女を見つめて訊いた。「なんで知ってんの?」女はクリスマスにラブホテルの予約ひとつしておかず、深夜までバーに長居していた男の甲斐性のなさに腹が立っていた。男は運転しながらラブホテルを探していたのでナーバスになっていた。一回入るのもバツが悪い場所に十回以上も出たり入ったりしていたら、自分が女と寝ることに執着している人間のように思えてきて不機嫌でもあった。女の顔が徐々に歪んでいき、男の口調が苛立ち混じりになったのは、すでに街をさすらって三時間になるからだ。鍾路《チョンノ》から市庁《シチョン》へ、ソウル駅から永登浦《ヨンドゥンポ》へと、ラブホテルを求めて郊外へ向かっていった。ふたりともむっつりした顔で別々の方向を眺めていた。だが目はひたすらラブホテルの看板を探していた。ラブホテルさえ見つかればすぐに仲直りできるし、抱き合えるし、眠れるはずだった。ふてくされた顔で窓の外を見つめていた女が平静を装って言った。

「あそこに何かありそうだけど?」

救いのように輝く巨大なネオンサインが遠くに見えた。LOVE。四棟が連なる〈ラブ〉ホテルだった。建物の上に〈LOVE〉のアルファベットが一文字ずつ載っかっていた。一見するとホテルに準ずる高級ラブホテルのようだった。男は胸を撫でおろした。建物の前には開けた駐車スペースもあった。女の顔にも安堵の色が見えた。浴槽にお湯を張って泡風呂に入れるかもしれないと期待した。〈大きくて丸いスパ浴槽があるかも、向かい合って泡で遊んでいれば、すべすべする体をお互いにこすりながら抱き合う雰囲気になるんじゃない？〉これまでの疲れや苛立ちが氷解する気分だった。男は穏やかにハンドルを切ると、青いシャワーカーテンが平和にはためく駐車場を目指して、あの彼方に見える〈ＬＯＶＥ〉を目指して、ゆっくりと車を走らせた。

＊

男はピビン麺を食べながらテレビを観ている。画面にはハサミの両手を振り回す、若かりしジョニー・デップが映っていた。映画は〈特選〉したとは言うものの、さして特選されたようにも思えなかった。別のチャンネルで放映しているのも、誰もが知る有名作でずっと前に観たことがあったり、興行に失敗して叩き売られたりした映画ばかりだった。少し前に上映されたばかりのホットな映画をケーブルテレビが流すこともあったが、ブラウン管の中に入った途端に古びてしまった。男は大して面白くもない映画にＣＭまで挟み、ぶつ切りにして放映するケーブルテレビのやり方が好きではなかった。それは映画を映画たらしめる何かを破壊する行為だった。お茶の間は映画館ではないとしても、ロミオが毒薬を飲み干す瞬間にスチーム掃除機が登場し、ハサミの手を持つ人造人間が恋に落ちた瞬間に補正ガードルが出てきたりするのは下品で見苦しく映った。箸でくるくると麺を丸めて持ち上げながら〈前にも観たのに、なんで俺はまた〉と思う。そのくせチャンネルを変えることもなく、あのシーンがそこに存在していたという事実を再確認する。器のピビン麺をきれいに平らげてから麦茶を飲む。たちまち男の表情が麦茶のように澄みわたる。これまで何度も引っ越したがキッチン付きの部屋は珍しかった。食事は買ってきたもので済ませ、喉が渇くとワンドアの冷蔵庫から水のペットボトルを出して直に飲み干してきた。自炊のできる部屋にはじめて引っ越したとき、なみなみと麦茶が注がれたガラスのコップを両手で掲げて子どものように叫んだ。

「いやー！　コップで飲むと、ほんとにうまいなあ！」

ずっと前から〈消毒したデルモンテジュースのガラス瓶を麦茶ポットにして、冷蔵庫で冷やして飲む〉のが男のロマンのひとつだった。そういう事柄が自分の人生を普通のレベルに近づけ、潤いをもたらしてくれる気がしたからだ。こだわりの生活習慣はそれ以外にもいくつかあった。妹には〈どんなに金がなくても、トイレの洗浄剤だけは必ず買い置きしておけ〉と言ってあった。洗浄剤は丸い個体でトイレタンクに入れておくタイプのものだった。そうすれば流すたびに青い水道水が勢いよく出てくる。男は白い便器に爽やかな青い水がたまっているのを見るだけで、不思議と気分が良くなるのだと言った。しかも自分がちゃんとした人間のように感じられるのだと。妹は、お兄ちゃんって変わってるなあと思ったが、便器が清潔に見えるのは悪くなかった。男は〈最近はな、飯は食わねどインターネット。ネットがないと人間らしい生活はできない〉とも言っていた。上京したばかりでネズミの穴みたいな部屋で暮らしているときからそうだった。そこは妹と並んで横になるとスペースがなくなるほど狭かった。その部屋でもっとも高級で、もっとも場所を取っていたのが男の中古パソコンだった。パソコンは丸みを帯びたモニターと大きな本体を持っていた。部屋の片隅で目を背けたくなるほど体を突き出し、電源を入れるとものすごい騒音をまき散らして起動した。妹は居酒屋のアルバイトを終えて帰るたびに、モニターの前にぼんやりと座っている曲がった背中を眺めたものだった。男が朝までインターネットをしているせいで寝そびれることも多かったが文句は言わなかった。パソコンのうなる音は〈人間らしく生きるため〉に、兄が片手でどうにか回している発電機の音みたいに聞こえたからだ。

同じような金額の保証金と家賃を探し、数えきれないほどの引っ越しを経験してきた。引っ越したからといって、部屋が今までより良くなることも悪くなることもなかった。でも最近、貯金を合わせてもう少し広いところに移ろうと決心したときは——興奮状態で部屋を探して回った。ところがたった半日でふたりはしょげてしまった。男は電柱から剝がしてきた数枚の物件チラシをもてあそびながら、妹に向かって恥ずかしそうに打ち明けた。

「俺さ、千万ウォンあれば、見違えるくらい人生も変わるんだと思ってた」

妹がくすっと笑って答えた。

「私も」

風が吹いて電柱のチラシが一斉にひらひらした。部屋あります。チョンセ［賃貸契約時に月々の家賃の代わりに高額の保証金を預ける韓国特有のシステム。退去時に保証金は返却される］／家賃。設備フルオプション。風にたなびくいくつもの電話番号。主のいない数字が都会の上空へと種のように飛んでいった。妹はかなりの金額が書かれているチラシを突き出すと、ふざけて言った。

「ここ行ってみようか？　契約はしないつもりで、この程度だと、どんな感じなのか見学してみようよ」

ふたりはその日に見つけた物件の中で、もっとも高額な部屋の内見に向かった。本当に参考程度のつもりだった。でもドアを開け、日差しがさんさんと降り注ぐ開放的なワンルームに足を踏み入れた瞬間、ふたりは無自覚ながら気づいてしまった。自分たちが住みたい部屋は、最初からこういうところだったのだと。結局ふたりはその家に引っ越した。家賃の負担は大きかったが、一度は〈無理〉という言葉に見て見ぬふりをして暮らしてみたかったのだ。そこが映画館やテーマパークのように、金を払ってほんのひと時だけ滞在できる幻想だったとしても、もう身の丈に合った暮らしなんてうんざりだと、駄々をこねたかったのかもしれなかった。男は引っ越してから一ヵ月のあいだ、新居の良いところについて妹と語り合う日々を過ごした。靴箱があるから散らからなくていい、バスルームの床が若い女性の顔みたいに清潔だ、ガスレンジの上には換気扇もあるんだな。男はこの部屋で暮らせる時間がそう長くないことを知っている。来年に妹が結婚すれば、彼女の分の保証金は返すつもりだった。そしたら自分は数年前の部屋に逆戻りしなきゃならなくなるかも。妹とのクリスマスも今年が最後だろう。シンクに空の器を置くと、久しぶりに部屋で煙草を吸う。妹が〈洋服に臭いがついた〉と怒るのは確実だった。煙草を咥《くわ》えたままパソコンの電源を入れる。窓の外では雪が降り、テレビの画面には何年も成長できないままのマコーレー・カルキンがひとり悲鳴をあげている。男はテレビを消してつぶやく。彼が叫ぶのは泥棒のせいじゃなくて、何年も同じ形で迎えるクリスマスにうんざりしてるせいかもしれないと。パソコンがうなり声をあげながらのろのろと起動する。〈それなりの生活をしてる人っぽく生きるため〉、男はマウスを握りしめる。

＊

雪は地面に触れた瞬間に汚くなる。路地にはゴミ袋がプレゼントの包みのように集められている。車のヘッドライトが道路をさまよいながら、かすかな光を放った。男はラブホテル〈LOVE〉でもチェックインできなかった。空いているのは一部屋だけだった。料金三十万ウォン以上、約八十三平方メートルのパーティルームだった。従業員はパソコンのモニターをクリックしながら、親切に室内のオープン階段やカクテルバー、液晶ディスプレイの大型テレビを見せてくれた。倒れんばかりに自分の腕を握りしめている女を見ながら、しばらく悩んだ。ここまで値の張る部屋にふたりで泊まったことはなかった。しかも滞在時間は四時間もない。男は九時までに出勤しなくてはならなかった。数時間の仮眠にパーティルームの家電製品や家具は無駄のような気がした。新婚の新居だと思っておままごと気分で泊まることもできたが、三十万ウォンは男の一ヵ月の家賃に相当する値段だった。都合の良いことに女のほうから男の腕を引っ張ってくれた。男は従業員に申し訳ないと言ってからラブホテルを出たが、どうして謝ったりしたのかとすぐに後悔した。それも習慣というものだ。男は車のエンジンをかけると駐車場を後にした。

車は新吉《シンギル》を過ぎ、ソウルの外れにある九老《クロ》工業団地の近くまで来ていた。男の目は真っ赤に充血していた。女はラブホテルじゃなくていいから、安宿にでも入ろうと言った。男は九老工業団地の住宅街の路地に車を停めると「じゃあ、ここで探してみよう」と言った。路地のあいだに民泊の看板がいくつか見えた。小さな立て看板に〈蜂〉〈バラ〉〈首都〉といった文字が刻まれていた。男が用心深く尋ねた。

「民泊にでも行ってみる?」

女は何気なく答えた。

「民泊? あそこは安宿よりもぼろいじゃない」

男が訊いた。

「なんでそんなことも知ってんの？」

女は冗談だと知りつつもカチンときた。でも言い争う気力は残っていなかった。男は路地の行き止まりにある民泊に向かって歩き出した。いかにも民泊らしい雰囲気のみすぼらしい建物だった。入口に〈長期滞在用の部屋あり〉と書かれた紙が貼ってあった。男が先に入った。夜通し吹雪いたりでもしたら倒壊してしまいそうな雰囲気だった。男がカウンターの前にある小さなガラス戸を叩いた。宝くじ売り場みたいなカウンターの中で寝ていたところを起こされた経営者が、ぼさぼさの寝乱れた姿で立ち上がった。女は〈どうしてこういうところの経営者って、みんな似てるんだろう〉と思った。経営者の女はふたりの身なりを見ると、意外だという顔つきで言った。

「書き入れ時なんで、ちょっと高いけど」

女は緊張した。〈この人、クリスマスだからってぼったくるつもりだ〉。

「いくらですか？」

「二万五千ウォン」

女はもっと不安になった。その値段で高いなら、普段はいくらで提供しているのか見当もつかなかった。男がクレジットカードを差し出した。

「うち、カードは使えないんだけど」

「現金持ってないんですけど、なんとかなりませんかね？」

にゅっと上半身を突き出したと思ったら、経営者の女がふたりの背後に向かって叫んだ。

「いや、ちょっと！　また人を連れこむつもりかい？」

女と男はふり返った。おどおどと立っている青年ふたりが見えた。経営者の女の大声にびっくりして立ち止まったらしい。見た感じでは東南アジアの人のようだった。ひとりはリュックを背負い、もうひとりはビール瓶の入った黒いビニール袋を提げていた。経営者の女が声を荒立てた。

「いや、あんたたちね、一体あの部屋を何人で使うつもりなの？　四人以上は絶対にダメだって、何回も言ったよね？　靴を隠して、みんな似たような顔だからバレないと思ってるみたいだけど、割増賃金を払うとかさ。そいつはまた、どこから連れてきたんだい？」

青年たちは目を丸くしたまま、黙って経営者の女の話を聞いていた。黒いビニール袋を提げた青年が困ったような表情になると、リュックを背負った青年が大きな声でたどたどしく言い返した。

「私、寝にきませんでした。ここ、友だち会いにきました。これ、酒飲んで、行きます。私、家あります。私、ほんとに寝ないで行きます。事実、寝ない」

経営者の女が言った。

「寝ないだって？　寝なけりゃ金がかからないとでも思ってんのかい？　ひとり増えるってこ

とは、それだけ水道代やらウンコの汲み取り料の負担も増えるってことなんだよ」

ビニール袋を提げた青年が答えた。

「友だち、これだけ飲んだら行きます。家、持ってます」

「酒盛りだなんて。考えたら、うちにやってきて酒だの煙草だのやる連中で、金を貯めて出てくヤツを……」

女が急いで現金を差し出した。この場からさっさと逃れたかったのだ。

「二万五千ウォンです」

経営者の女が紙幣を確かめた。ふたりの外国人青年は逃げるように部屋の中へ入っていった。経営者の女が叫んだ。

「あとで確かめに行くからね！」

男と女は気まずそうに立っていた。経営者の女はパーマのとれかけた頭を掻きながら言った。

「はあ、ごめんね。ちょうどベッドの部屋がひとつ空いてるよ。そこ使っていいから」

経営者の女はタオルとやかんを手にすると、先に立って歩いた。庭に面して部屋が並んでおり、ふたりはペンキの剝げた木のドアの前に立った。部屋番号も鍵もなかった。ドアのすき間から黄色い壁紙が見えた。女が尋ねた。

「靴はどこに置いたらいいですか？」

経営者の女が部屋の隅に置かれたインスタントラーメンの段ボールを指差した。女が当惑しているあいだに、男は疲れたようすで部屋に入った。女は中腰になって靴を中に入れるとドアを閉めた。そしてドアノブを握ったまま長いため息をついた。テレビも冷蔵庫もなかった。男は古いベッドの上にどさりと寝転んだ。ベッドのスプリングがぎしぎしと音を立てた。男が言った。

「この程度なら悪くないな」

女が不安そうな目で寝具をチェックした。黄色い染みのついた布団の上で誰かの陰毛と頭髪がくねくねしていた。用心深くバスルームのドアを開けてみた。生臭い臭いが充満していた。タイルが割れた床の上には錆びついた洗面台が、片足を失った敗残兵のように傾いて立っていた。赤水が流れる洗面台には髪の束が見えた。女はバスルームのドアを閉め、質問するように男を見つめた。男は極度の疲労にもかかわらず、まだ〈やりたそうな〉顔つきだった。女はとてもじゃないが、その掛布団を使う気にはなれないと思った。視線を避けようとした男は木のドアに穴が開いているのを発見した。穴には丸めた新聞紙が詰められていた。女の顔色をうかがった。コートの裾を握りしめたままドアの前に立っていた。男が心配そうに訊いた。

「どうした？　嫌か？　寝れなそう？」

女は大丈夫、出勤しなきゃいけないんだから先に眠ってと答えた。自分はここで休むからと。そして部屋の隅にうずくまった。布団の代わりにコートを掛け、座って寝るつもりだった。男は何か考えていたが、布団をめくって起き上がると優しく訊いた。

「出ようか?」

女は泣き出しそうな顔でうなずいた。ふたりは段ボールから靴を取り出した。男がドアを開けると、何かがごつんとぶつかる音がした。あどけない顔をしたくせ毛の青年が驚いた目で見つめていた。女が〈あっ〉と短い悲鳴をあげた。青年には脚が一本しかなかった。松葉杖をつき、大きなリュックを背負っていた。ゆったりしたズボンの裾は丸く結ばれている。気づかれないようにこっそり入ってきたらしかった。どういうわけかサンタクロースの帽子をかぶっていた。ひときわ赤く目立っていた。ブロンズカラーの顔には困惑の色がありありと浮かんでいた。いきなり近づいてきた。女が男の背後に後ずさりした。青年は焼酎の瓶が入ったビニール袋を揺らして言った。

「私、友だち会います。これ飲んで、行くです。私、寝ません」

男が女の肩を抱いた。時間はいつの間にか午前五時を過ぎていて、サンタの帽子をかぶった片脚の青年の頭上に音もなく雪が舞い落ちていた。

*

男の顔の上でモニターの光が揺らめく。男の時間がマウスでかちかちと削られていく。世界は静寂に包まれており、顔を突き合わせた男とパソコンは信頼し合う恋人同士のように愛情深く見える。ポータルサイトで芸能記事をいくつか閲覧する。ネットサーフィンをして誰かのホームページに足跡を残す。それにも飽きるとハードディスクに保存しておいた動画のフォルダを開けてみる。アメリカのドラマや好きな映画が数本、成人用の動画がきちんと整理されている。ファイルをクリックする。一度か二度でうんざりしてしまった、でもいつまでも捨てられずにいる一本の動画が再生される。淡々と画面を見る。ふと〈ひとりででもやろうか〉という気になる。どうしてもやりたいわけではないが、これといってすることもないし。なんとなく思う。慣れ親しんだ気分を味わってから寝たいと。いつだったか、そんなふうにいざなわれる深い眠りに感謝する日々があった。たまに体も嘘をつくということを男は知っている。ファスナーを下ろそうとした瞬間、人の気配がする。玄関のドアを見る。鍵の回る音がする。男はあたふたとファスナーを上げ、パソコンのモニターを消す。顔面蒼白の妹が立っている。男は平静を装い、ぎこちなく声をかける。

「もう帰ってきたのか？」

妹は何も答えずに雪で濡れたブーツを脱ぎ捨てる。

「布団敷いて」

「ケンカしたのか？」

「してない」

妹は鞄を放り投げると、Tシャツと半ズボンを持ってバスルームに消える。男は床を拭き、ぶ厚い冬用の布団を二組敷く。布団の間隔は少し離れている。妹は着替えだけして出てくると布団に倒れこんだ。

「寝るのか?」

「うん。電気消したら駄目?」

男は戸締りを点検し、ボイラーの温度を上げる。電気を消して自分も布団に横たわる。妹のほうに寝返りを打って話しかける。

「今日、何したんだ?」

妹は片手で額を覆ったまま言う。

「ただ、ご飯食べて、映画観て……」

「何食ったんだ?」

「パスタとステーキと、そんなところ」

「どこで?」

妹は疲れた声で答える。

「鍾路で」

男は目をぱちくりさせると、上気した声で話を続ける。

「さっきネットで見たんだけど、イム・ジョンソクとパク・イェリ、付き合ってんだって。笑えるよな?」

「うん」

「今日、母さんと電話したか？」

「うん」

「正月には戻ってくるのかって訊かれたけど帰るのか？」

「うん」

男は今日一日、自分が見聞きしたくだらない出来事をぼそぼそつぶやきはじめる。妹はゆっくり目を開いたり閉じたりしながら聞く。今月の税金と野球選手の負傷、友人に息子が生まれた、先輩が離婚した、出産祝いって五万ウォンでいいのか、十万ウォン出すべきかという兄の悩みに、妹は大して興味なさそうだ。男はなんだか楽しそうだ。妹はぬくぬくする床に溶けこんでしまいたい気分だ。しばらくすると男がぱっちりと開いた目で天井を眺めながら口を開く。

「小さいときさ」

「……うん」

「クリスマスになるとプレゼントもらったりしただろ」

「……うん」

「でもさ、俺、すごく不思議だったんだ」

妹は寝返りを打ちながら眠そうな声で訊く。

「何が？」

男は思い出に浸った声で言う。

「あのさ、テレビとか映画に出てくるクリスマスプレゼントって、やたら可愛くラッピングされてただろ。それも必ずクリスマスツリーの下に置かれてて。ああいうプレゼントってさ、どれもデカくて、立派な箱に入ってたじゃん。ほんとにサンタがくれたみたいに」

妹は徐々に不明瞭になっていく声で答える。

「……うん」

「でもさ、俺たちの枕元に置かれるプレゼントは、どうしていつも黒いビニール袋に入ってるのか、それがすごく不思議だった」

「……」

「お前は思わなかったか？」

「……」

男がふり向いて妹を見る。静かに寝入った姿は死んでいるみたいだ。男は黙って横になっていたが、指でぐっと妹を押して言う。

「おい、メイク落としてから寝ろよ」

明け方まで降り続いた雪は、いつの間にかじとじとした雨に変わっている。家の前に立っている街灯の黄色い光も、雨粒とともに溶けた蠟のようにぽたりぽたりと流れ落ちる。携帯電話で時間を確認する。十二月二十五日だ。男の顔に十二月二十五日が青痣のように滲んで消える。携帯電話を閉じると四方はふたたび闇に包まれる。ふと安堵を覚える。空が白みはじめ、男は眠りにつこうと目を閉じる。

子午線を通過するとき

電車は盲目の魚のように仁川《インチョン》を抜け出し、北へと走っていた。路線図を見上げ、駅舎がいくつあるのか数えてみた。仁川から議政府《ウィジョンブ》まで五十数ヵ所の駅があり、永登浦《ヨンドゥンポ》に新吉《シンギル》、鐘閣《チョンガク》を過ぎると、ソウル北部のどこかに私の住む部屋がある。路線図のライトが瞬いた。終着駅までは緑色、すでに通過した駅は赤色に光っている。都市の名前を持つ点と、そのあいだを結ぶ直線。それらはカシオペアやペルセウス、アンドロメダといった異国の言葉で呼ばれる星座のように、難解で馴染みのない存在だった。見知らぬ都市の星座。ソウルの手相。上京して七年になろうとしているのに、その中には一度も行ったことのない町がたくさんある。地中で風に当たりながら案内放送を聞くたびに、旧把撥《クパバル》にも水色《スセク》にも行ってみたいと思った。それが叶わなかったのはソウルの規模が大きかったからではなく、私の人生の規模が小さかったからなのだろう。でも、どの星座にも物語があるように、その名前のように、私の狭い動線の中にも――私の物語があるはずだ。

電車は長い尾を描きながら首都を泳いでいった。都市の灯り。あの中には予備校もあるはずだった。ソウルには大小さまざまな予備校が夜空の星のように無数に点在している。生徒諸君、我々の星は自転するたびに少しずつ小さくなりながら——白いチョークの粉を宇宙のそこかしこに飛び散らせているんじゃないだろうか。講師歴十年になる指紋のすり減った先生が、どこかでつぶやいている夜。電車のドアが開くと同時に秋の風がどっと吹きこんできた。補講でぐったりした先生たちが口に放りこむのど飴のように厳しくひりつく風だった。二〇〇五年の秋、じきに二十六歳、講師歴三年目の履歴書を手に、私は数日前に学校で言われた言葉を思い出していた。

「アヨンってば、なんでそんな顔してんの?」

図書館のパソコンで採用結果をチェックして出てきたところだった。

「そんな顔って?」

片手で顔をいじる私に、びっくりして目を見開いた友だちが言った。

「怪物みたいに歪んでる」

続々と人が乗りこんできた。議政府北部行きという言葉のせいかもしれないけど——なんとなく乗客全員が遠方の寒い国に向かっているように思えてきた。うっすらと窓に映る自分の顔をうかがった。疲れているように見えるけど、そんなに変ではなかった。自分の知らない顔が自分として生きていると、ふと思った。

予備校の面接を終えて帰宅する途中だった。塾なら大学二年のときから出入りしていたので経歴も自信もあった。いっそプロの講師になろうかと思った時期もあった。でも地元の友だちに〈今どんな仕事してるの?〉と訊かれて〈予備校に勤めている〉と答えるのは、なんだか恥ずかしい気もした。どの町にもたくさんできたせいで、大学さえ卒業していれば、よっぽどでないかぎり誰でもできると思われているのが講師だった。普通の会社員より高給取りの有能な人材も多いが、その一方で〈ガリ勉のどん詰まり〉と、暗にけなされてもいた。規模や待遇も千差万別だったから、転職するたびに新たなストレスに悩まされた。たまに狭くて暗い予備校のトイレに座っていると、このトイレが自分を物語っているようで気が滅入ったものだった。

講師の仕事を辞めた理由はストレスのせいではなかった。当時はこんなに長いあいだぶらぶらすることになるとは予想もしなかった。成績はいつも四・〇以上だったし、TOEICの点数だって九〇〇点を超えていた。性格も寛容だし、それなりに独創的な人間だとも思ってきた。だから、はじめての書類審査ではねられたとき〈そもそも、みんな一度は落ちるって言うじゃない?〉と考えていた。次に落ちたときは〈もしかして資格がないから駄目とか?〉と運転免許を取った。またしても落ちると〈見た目の印象が良くないのかな?〉と写真を撮り直した。十回以上も不合格が続くと、専攻が国文学だからかもと悩んだ。すると英文科の友だちが言った。「英文科も同じだよ。最近はみんな英語できるから」。哲学科の友だちは言った。「それでも、うちらよりはマシじゃない？」法学科の友だちにそっくりそのまま言ってみると、吸いさしを力いっぱい吸いながらぶつぶつ答えた。「それも昔の話。最近受かるのは金持ちの家の子が多いんだよ。司法試験は長距離レースだから、バックアップしてくれる存在が必要で」。二十回くらい落ちると〈高望みしすぎなんだろうか〉と考えるようになった。だから小さくても将来性のある企業にせっせと願書を出した。結果は同じだった。三十回目の不合格をもらったときは頭を抱えてつぶやいた。

「私って、ほんとに怪物なんじゃない？」

試験の準備にはさまざまな努力をした。インターネットで検索しまくって大企業の人事課長がアップした模範解答を熟読したことがあった。〈書類はまず自己紹介書を上手に書くべし〉からはじまる文章だった。でも、その模範解答は作成者が上手に書いたんじゃなくて、人生そのものが上手に書かれていた。もし私がIT企業に書類を出すとしたら――おそらくポータルサイトへの関心事で埋め尽くすだろう。でもその作成者は〈幼少時より父が買ってくれたアップルコンピューターを分解して遊ぶのが本当に楽しかったです〉と書くはずだ。趣味も〈乗馬〉とあった。私は〈読書〉と記入するのがなんだか恥ずかしくて、普遍的で無難な〈映画鑑賞〉にした。ある先輩は私の履歴書を見ると舌打ちしながら言った。

「これは、まあ、コンテンツがないんだな。コンテンツが……」

私は真剣に尋ねた。

「先輩、コンテンツって、どうやって作るものなんですか？」

大学の図書館で一年かけて公営企業への就職を準備している先輩は、コーヒーをおごってくれたら教えてあげると言った。私は自動販売機で紙コップのコーヒーを買いながら訊いた。

「あの、女子は面接のときに印象も見られるって聞いたんですけど」

先輩は膝の出たジャージのズボンの毛玉をむしりながら答えた。

「なに言ってんの、女の印象なんて顔でしょ」

同意はしていなかったけど藁にもすがる思いだったから、うやうやしくコーヒーを差し出した。

「先輩、コンテンツは……？」

先輩はコーヒーを一息に飲み干すと「どうやって作るかなんて金に決まってんじゃん」と言い、アディダスのデザインをパクった三本線のサンダルを引きずりながら悠々と去っていった。

電車は大方《テバン》を過ぎ、漢江《ハンガン》へと向かっていた。今日回った予備校の中で、何ヵ所から連絡がくるか予測してみた。連絡をもらえたとしても、こちらからお断りだと決めているところもあった。最初の予備校は院長が初対面なのにタメ口で話しかけてきた。そうかと思うと〈見くびるなよ〉とアピールするかのように、面接のあいだずっと両腕をだらりとソファに掛けていた。

二番目の予備校の院長は〈講義〉とは何か、一時間以上かけて私に〈講義〉した。うるさい院長ほど自分のところに自信がないのだ。長広舌をふるった挙句に提示してきた金額は、その日の最低額だった。最後に面接した予備校の院長は「子どもには体罰が必要だ」と、緑色のガムテープが巻かれた角材を目の前で振り回してみせた。私は浅く息をしながら窓の外を眺めた。案内放送が流れてきた。「まもなく鷺梁津《ノリャンジン》、鷺梁津です」

一九九九年の春、あの日も鷺梁津に行くために漢江を渡っていた。私は高校の三年間ずっと使っていた、プロスペックスというスポーツブランドの赤いバッグをぎゅっと抱きしめ、周囲をきょろきょろ見回していた。バッグの中には絶対に誰も盗むはずのない問題集がぎっしりつまっていた。三月は何かをはじめるには遅すぎる春だったかもしれないが、だからといって何かを悟ってしまうには若すぎた。私は捨て駒にされた一頭の馬のように、なすすべもなく恥ずかしがっていた。車内には都心の光が降り注いでいた。窓の向こうでは漢江鉄橋やオリンピック大路、大小さまざまなビルが通り過ぎていった。一九歳の私は〈うわあ、橋《タリ》って、ほんとに脚《タリ》がいっぱいあるんだね?〉と不思議がっていた。午後二時。静寂に包まれた、昔からの太陽系の秩序が頭上で自転していたとき。いきなり目の前が明るくなって周囲が照らし出された。完全に閉じていた私の瞳孔は少しずつ開き出し、ある像の前で釘付けになった。漢江の向こうに——ひっそりそびえ立つビルが見えた。全身に青空を頂き、数百枚の黄金に光る鱗《うろこ》を物静かになびかせている、あの像。思わず歓声をあげていた。

「あ！　63ビルディングだ」

私の心のデシベルが低すぎて、その声を聞き取れた人はいなかったけど、そのときの私は確かにそうつぶやいていた。あ、63ビルディングだ——と。63ビルディングを見た瞬間、ソウルに来たのだと実感できたし、ようやく安心することもできたのだった。


考えてみると、63ビルディングにまつわる笑えないエピソードはもうひとつあった。浪人して予備校に通っていたときの出来事だが、開講したばかりの時期だったからだろう。同じ単科クラスを受けている子が息せき切って講義室に駆けこんできた。そしてドアを開けると同時に大声で言った。

「おい！　63ビルディングとクソ似のヤツを見たぜ！」

「なに言ってんの？」

「ついてこいって」

全員でわらわらと屋上に向かった。皆がきょろきょろしながら〈どこ？　どこ？〉と訊くと、その子は漢江の向こうに見える建物を指差した。

「あそこ」

皆が一斉に指先の示す彼方を眺めた。煙草を吸っていた男子たちも思わず目で追った。そこにいる全員がＵＦＯでも目撃した市民のようだった。向こうに、沈む夕日をバックに眩しく輝く高層ビルが見えた。それは……63ビルディングと〈クソ〉似の63ビルディングだった。誰かが言った。

「バーカ！　あれは63ビルディングじゃないか」

全員でとぼとぼと階段を下りた。揺れる夕焼けのすき間から、ぼうっと佇んでいたその子が尋ねた。

「ほんとに？」

……そうだよ、ほんと。あんたが田舎から出てきたこと、63ビルディングを63ビルディングだと想像できないこと、私が一ヵ月の利用料十一万ウォンの読書室［勉強や読書をするための机を貸す自習室。二十四時間営業の場所もある］で暮らしていること、そのどれもがほんとだったように。あの頃、みんなの顔が夕暮れ時の63ビルディングと同じく黄色かったように。

一九九九年の春、鷺梁津駅――私たちは日差しを浴びて乾癬《かんせん》のように白く光る陸橋に座り、冗談半分に話していた。なりたいもの？　大学生。尊敬する人？　大学生。キミの夢も、私の夢も、つまりは大学生に〈クソ〉似の大学生。

電車は鷺梁津を出発しようとしていた。すると長いこと忘れていた記憶が頭に浮かんできた。私の人生の星座に存在するひとつの点。ひときわ揺れながら弱々しく輝いていた、小さな星にまつわる物語。鷺梁津。挫折した夢のごとく、あの場所を包みこんでいた星雲と美しい色をした埃の数々。

ちょっときまり悪い話だが、私が浪人したのは勉強ができないからではなかった。最上位クラスではなかったけれど、ソウルの大学に問題なく願書を出せるレベルだった。ところが高校二年生だった一九九七年にＩＭＦ危機（アジア通貨危機）が勃発し、翌年の教育大学の受験に失敗した。いきなり教育大学の志願者が増えて競争率が跳ね上がったのだ。それまで〈数学〉や〈内申〉のせいならともかく、〈ＩＭＦ〉で大学に落ちるとは想像もしていなかった。しかも〈ＩＭＦ〉は生まれてはじめて聞く言葉だった。それはまるで〈今年お前が大学に落ちたのはカシオペア座β近くの散開星団７７８９星が子午線を通過するときに、きらきら光ったからだそうだ〉と言われるようなものだった。両親は言った。私大は駄目。でも浪人も駄目。どうしたらいいのか途方に暮れた。でもそれより心配だったのは、遠い未来ではなく目の前に迫った旧正月だった。どうして試験結果って、どれもこれも旧正月の前に発表されるんだろう。親戚からの質問、曖昧な弁明のことを考えたらぞっとしてきた。

その頃になると、寮付き予備校の各種パンフレットが自宅に送られてくるようになった。ほとんどが〇〇村、大字〇〇で終わる、長い住所を持った郵便物だった。そこで学ぶ者は全員が同じ体操服を着て、同じ時間に起床し、同じ授業を受け、月に一度だけ外出するそうだ。ひどいところだと五時間以上寝たら〈バット〉で殴られるという噂もあった。でも進学率はむちゃくちゃ高いらしい。私はパンフレットをさっさと閉じた。受講料は月に百万ウォンを超える額だった。〈あの、百万ウォンお支払いしますから、どうか私を殴っていただけますか?〉と言ってみたかったが、殴られたくとも百万ウォンなんて金は持っていなかった。

見かねて浪人を提案してきたのは母だった。どうせなら思いどおりにやってみるべきじゃないか、ソウルの予備校を調べてみなさいと。地元を離れて浪人するとなると、一ヵ月に百万ウォンとまでは言わないにしても出費はかさむ。私はわかっていなかった。でも母は理解していたはずだ。下に高校生のきょうだいがふたりもいることも。私は頭ではわかっていながらも、それが何を意味するかまではわかっていなかったのだけど、母はすべて理解していたはずだ。そういうわけで、私は浪人生活を憂鬱だとは思わなかった。自分が敗者だとも考えなかった。浪人することに恐縮していた。

一九九九年の三月。はじめて鷺梁津駅に降り立った。電車のドアが開くと潮のにおいがした。ほとんどが鷺梁津にある水産市場からだったが、63ビルディングの水族館の魚が空で腐っていくからだと言う人もいた。線路の両側に立ち並ぶ広告版が見えた。英語、歴史的な使命と責任をもって指導します。韓国を代表する講師、キム・ヨンチョル先生。ソウル大学！ソウル大出身の講師に教わってこそ進学できるのです。愉快な科学、パク・ナムシク先生。国家公務員、京畿道《キョンギド》中央選挙管理委員会の問題解説、特講受付中。的中。的中。的中。合格神話は続きます。イ・ドンソン警察予備校。鷺梁津の予備校街に新たな革命。行政書士予備校。公務員、その未来への約束。広告板には刺激的な言い回しとともに、講師の写真がでかでかと掲載されていた。あるときは温和に、あるいは攻撃的に、あるときは非常に真剣に、またあるときは〈心配いらないよ、どうってことない〉という表情で。カラーリングした髪にパーカー姿の講師から、シャツの袖をまくり上げて力強いポーズをとっている先生まで身なりもさまざまだった。ほとんどが若く、どこか遠くを見つめていた。顔のメイクアップがちょっと不自然だという事実も知らずに。実はそのせいで、どの顔も似たり寄ったりに見えるとも知らずに。でも彼らは、私の知らない大切なことをいくつも知っている人のようだった。鷺梁津は〈約束の地〉に思えた。

予備校の近くで女性専用の読書室を契約し、小さなロッカーの鍵を受け取った。K－59。机ひとつ分が私に与えられたスペースだった。四人部屋にはパーティションデスクが四つ置かれていた。同じ造りのいくつもの部屋がカーテンで仕切られていた。この部屋にはふたりの女性がいた。ひとりは教員資格認定試験に再チャレンジする人、もうひとりは五級［公務員の一般職の職階は一から九級まであり、数字が小さいほど上級となる。五級は日本のⅠ種試験に相当する］の公務員試験を受ける予定の人だった。机がひとつ空いていたから部屋には少し余裕があった。私は着いてすぐ、ひとつの付箋を貼りつけた。

——あなたが虚しく過ごしたきょうという日は

きのう死んでいったものが

あれほど生きたいと願ったあした。［韓国のベストセラー小説『カシコギ』（趙昌仁著、金淳鎬訳、サンマーク出版、二〇〇二年）に登場する台詞の一部］

そして付箋の下に一年分の計画表を固定した。拳を握り、めらめらと燃える目で窓の外を見ようとしたが——周囲に窓はひとつもなかった。その晩、昨年の大学修学能力試験で満点だった子の手記を読んだ。〈頑張ろう！〉という覚悟で布団に横たわったが——床が硬すぎて眠れなかった。四人部屋はあまりに狭く、全員が机に椅子を上げてから鉛筆みたいな姿勢で寝ないといけなかった。あちこちから、ぶるぶる、ぶるぶるというポケベルのバイブレーションが聞こえてきた。こっちから、あっちから、あるときは断続的に、あるときは連続して。まるで草むらの虫が声を潜めて鳴いているみたいに。全員が一匹の虫にでもなったかのように。闇の中で青い光が瞬いていた。思い返せば、それは読書室でいちばんよく聞かれる音でもあった。予備校の公衆電話にしょっちゅう長い行列ができていたのもポケベルのせいだった［韓国のポケベルは相手の番号に電話をかけると音声録音ができた。受信者は自分の番号に電話をかけて暗証番号を入力するとメッセージが聞ける］。四時間睡眠の子も、時間がもったいなくて一年ずっと美容院に行っていない子も、誰もが公衆電話の前では待った。私はとなりの人を起こさないためにも、ポケベルのアラームが鳴ったら〇・二秒で消さなくてはという強迫観念で寝つけなかった。何度か目が覚めるたびに、はじめて見る女性たちの顔が目の前にあった。

翌朝、大音量の音楽が鳴り響いた。華麗で鋭いエレキギターのサウンドだった。私はびくっと目を覚ました。スピーカーから、ある海外のロック歌手のギターが流れてきた。周りを見回した。全員が起床して布団をたたんでいた。ポケベルを見ると午前六時だった。皆は一心不乱に布団をロッカーにしまい、ごみを拾い、周囲を整頓した。五級の公務員試験を受ける予定の人が優しく言った。

「もっと寝たいなら、掃除が終わってから布団を敷きな」

総務が廊下のモップ掛けをしながら風のように去っていった。契約するときに注意事項をあれこれ教えてくれた青年だった。国家公務員を目指す彼は、ここに無料で暮らす代わりに管理と掃除を任されていた。つまり毎朝どんな音楽が流れるかは、そこの読書室の総務が最近どんな音楽にハマっているかにかかっているわけだ。うちの総務は数ヵ月間、ひたすら同じ曲ばかり流した。はじめて聴いたときは〈すごくギターが上手な人だな〉とつぶやいた私も、しばらくすると鼓膜が破れそうになったし、ギタリストがクライマックスの部分を演奏するくだりでは、両耳をふさいで〈頼むから止めて！〉と叫びたくなった。掃除の終盤になるとライブ会場の観客が歓声と拍手を送ってきた。朝の音楽を〈ＣＯＯＬ〉や〈ソテジ〉に変えられないかと尋ねると、総務はとても理解できないという表情で軽蔑するように訊いてきた。

「えっ、レッド・ツェッペリンが嫌いな人なんているの？」

私は自分で決めた一日の計画表のとおりに行動していた。起床、授業、昼食、自習、授業、夕飯、授業、宿題、自習といった順序だった。学習計画は半月ごとに立て、その日のうちに終えたものは黄色、スケジュールどおりに終わらなかったものは黄緑で塗っていった。すべて塗りつぶすと気分爽快だった。女子高時代の同級生からは、たまに優しい内容のメッセージが届いた。訪ねてくる子もいた。彼女たちは不自然なメイクに幼稚なイアリングをしていたけど、私はその姿を心から眩しいと感じた。

はじめて仲良くなった相手はミンシクだった。彼は向かい側にある一心学院に通っていたけど、週に二度ずつカン・ソクジンの授業を聴くために必勝学院にも来ていた。カン・ソクジンは必勝学院だけでなく、全国的に有名な講師だった。知名度が高いのは、もちろんその的中率のためだった。彼の履歴には〈必勝で最短、最多満席〉というキャッチフレーズがついて回った。授業を聴く前はなんとなく、名物講師の特徴はショーマンシップなのだろうと思っていた。でも鷺梁津に来てびっくりしたのは講師たちの余裕だった。彼らは難なく受講生を集中させるコツを知っていた。プリントもたくさんくれた。自作の特別に要約したものや、重要な問題を集めたものだった。プリントに講師の似顔絵が描かれているのも衝撃だった。カッコいい語句、多彩に描かれた図表も感動ものだった。なぜかこの大量の資料をタダで手に入れたような得した気分になり、〈わあ、ソウルの私教育って、こういうものなのか！〉と感嘆した。こちらを乗り気にさせる戦略と戦術も語ってくれた。重大な情報を淡々と伝える話しぶりは、なんだかよくわからない畏敬の念を抱かせた。ちょっとしたウィットや人間味のあるアドバイス、そして定期的に行われる進度チェックや励ましも非常に役立った。でも一方で、その励ましは政治的な励ましだったし、授業の要点はこれからも受講を続けなくてはいけないという意味でもあった。それでも私たちには、彼らが必要だった。だから徹夜で並んで受講票を手に入れたし、最前列に座るために授業の十五分前から列に加わった。

その日のカン・ソクジンは黒板にこれからの計画と戦略を書いた。〈友だちには反対の内容を教えるように〉と冗談を言った。私はその冗談に恐怖を感じたが、受講生たちは一緒になって笑っていた。反対の内容を教えるまではいかないにしても、自分からわざわざ教える必要はないと思った。与えられる情報に対して、自分は対価を払っているという信念があったからだ。いきなり教室のドアが開いた。守衛が入ってきた。受講票のないもぐりを見つけるために抜き打ちで行われる受講票チェックだった。カン・ソクジンは慣れたようすで教壇の端にどいた。受講生たちは鞄から受講票を取り出した。何かの紙が蝶々のように飛んできて、ひらひらと足元に落ちた。私は拾い上げると周囲を見回した。後ろに座っている人が手を伸ばしながら目礼した。休み時間、誰かが飲み物を差し出してきた。

「あの、さっきのお礼です」

その子の顔をじろじろ見た。

「どなたですか？」

「あの、さっき受講票を……」

「……ああ、どうも」

その子はもじもじしていたが、こちらをうかがいながら尋ねた。

「あの、ところで、出身はどちらですか？」


私たちは同郷だった。ミンシクは飛び上がらんばかりに喜んだ。そして昼食をおごるからタッカルビを食べようと言った。よく知らない男性の親切心がわずらわしかったが、タッカルビは食べてみたかった。コピー屋や文具店、カラオケにビリヤード場、漫画レンタル店、ゲームセンターが立ち並ぶ街を抜けてタッカルビの店を目指した。ミンシクはタッカルビ二人前を注文し、さつまいもと麺のトッピングを追加した。慣れたようすでトッピングを追加注文するだけでミンシクが大人っぽく見えることに、私は少し驚いていた。ガラス張りの向こうには、ダンスダンスレボリューションやPump It Upのゲームに興じる少女たちが見える。ミンシクはしゃもじでタッカルビを均等に炒めながら、ぺちゃくちゃとしゃべった。カン・ソクジンは月に億単位で稼ぐんだって、ソン・ジョンは相当な苦労をして鷺梁津に進出したのに、一ヵ月で喉に癌ができて辞めたんだよねといった、他愛もない内容だった。ひとしきりひとりでしゃべり散らすと、コーラを注いでくれながら言った。

「あのさ、さっき、おれの受講票を拾ってくれたとき。あのときのキミってさ」

「うん」

ミンシクは手で口を隠し、いひひと笑った。

「まるで天使みたいだった！」

そのとき私はK−59、自分の机の付箋が、遠くではらりと動く音を聞いてしまった。虚しく過ごした今日という日のせいで、きのう死んでいったものに対して申し訳ない結果になるのではと心配になった。そしてすぐに、その人はどうせ死んでいるのだから、生きているミンシクとでもうまくやってみるかと思い直した。

ミンシクは私のことが好きだとアホみたいに吹聴して回った。あんなに頭の悪そうな子が、どうして私よりも成績が良いのか理解できなかった。でも、もっと理解できなかったのはアメピンで髪を留め、いつも眼鏡、毎日同じ服ばかり着ている私を好きになる人がいるという現実だった。恥ずかしかったし、感謝していた。でも、私にはミンシクを好きになる以外にもやるべきことがたくさんあった。田舎の両親も思い出されたし、今の自分に大切なのはこういうことじゃないとも思っていた。私は公然とミンシクを無視した。するとミンシクは余計に浮かれ、私の前でふざけては親しげな態度をとってきた。

ミンシクは一心学院に通っていた。一心は選抜テストに合格しないと入れなかった。私も最初は一心に行きたかった。でも三ヵ月分の予備校代を前払いするシステムの前ではどうすることもできなかった。必勝学院にも優秀な講師陣がそろっていたが、どういうわけか一心に通う子たちは違って見えた。良い大学に受かったけれど、もっと良い大学に入るために浪人している子たちが多かった。彼らの顔には静かな野心、ドライな大人っぽさが漂っていた。一心に通いながらも、一心に通っている現実に対して〈自然な〉ミンシクがうらやましかった。彼は学舎に住んでいた。浪人生の宿泊施設では最高と言われているところだった。週に一度ずつ食事に肉が出るし、明け方には夜食も持ってきてくれるそうだ。そして月に八十万ウォンかかる。宿泊施設で次に良いと言われている場所が四、五十万ウォン台の下宿、次が考試院［必要最低限の設備からなる宿泊施設。本来は受験生が勉強に集中するための施設だった］、その下が読書室だった。読書室も一人、二人、四人部屋のどれかによって金額が変わる。学舎に住みながらも、学舎に住んでいる現実に対して〈自然〉なミンシクがうらやましかった。

数日後、机の付箋をはがした。そしてもっと頑張ろうという意味を込め、別の名言を貼りつけた。

——A rolling stone gathers no moss.（転がる石には苔が生えぬ）

教員資格認定試験に再チャレンジする彼女がうれしそうに首を突っこんできた。「なに、勉強進んでないの？」

勉強が進んでないのはそっちじゃないかという気がした。彼女はいつも社会や制度に対して決めつけるような言い方をしたし、しょっちゅう休憩室に座っていた。トイレに行くたびに、太いカチューシャをつけてバラエティ番組の前でけらけら笑っている姿を見かけた。合格するはずだと彼女には言ったが、実際は〈あんな勉強の仕方じゃ受からないだろうに〉と思っていた。

「あんたも大学を卒業するときは、あちこちに願書出して無駄な苦労なんかするより、さっさと公務員試験の準備でもしたほうがいいよ」

「どうしてですか？」

「いや、こっちのほうが、まだマシでしょ。顔で判断されることも、父親の職業で判断されることもないし。健康なら問題なし、あとは頑張ってたくさん正解すればいいんだから」

私が首をかしげると、彼女はじれったそうに付け加えた。

「あのさ、Y大出身の友だちがいるんだけど。私が地方の私大に進学するのをバカにして笑ってたんだよね、成績も良かったし、TOEICの点数も高かったのに、ねえ？　その子、いま何してると思う？」

彼女は強調しながら言った。

「その子、いま何もしてないから」

私は黙ったまま笑った。そういう話は五年前にも聞いた、だから私が大学を卒業する五年後には変わっているだろう。安易な人だなあと、もどかしく思った。私は付箋に文章を書いて彼女のほうに差し出した。

――ところで、どうしたんですかね？

彼女がふり返った。五級の公務員試験を受ける予定の人が机に突っ伏していた。

「寝てんじゃないの？」

私は別の付箋を渡した。

――泣いてるみたいですけど。

私たちは首をかしげたが、本来の姿勢に戻って勉強した。読書室のあちこちで電気スタンドの灯りが弱々しく光っていた。予備校の宿題を済ませ、日記を書いてから横になった。

ジリジリジリ――電子音が朝の静寂を破った。私たちは慣れた手つきで布団をたたむと身支度を整えた。ところが昨晩から机に突っ伏していた五級の公務員試験を受ける予定の人が、いきなり椅子から立ち上がった。そしてどたどたと、どこかに走っていった。慌てて後を追った。彼女は総務室に着くと、頭がおかしくなったみたいにぎょろぎょろ見回していたが、鉢植えを手にするとレコードプレーヤーに向かって力いっぱい投げつけた。がちゃんと音を立ててガラスが割れ、びっくり仰天した総務が床に倒れた。読書室全体に静寂が流れた。あたりを見回していた皆がふたたび掃除に熱中しているあいだ――彼女はその足で読書室を出ると、二度と戻らなかった。あとから知った話だが、総務と彼女は恋仲だったそうだ。妊娠したという噂もあった。彼女の机にはゴマ粒みたいな文字が書かれた問題集が、数日のあいだ開いたまま置かれていた。その日から――読書室には毎朝キム・チュジャの『あなたは遠いところに』が流れるようになった。歌はスローテンポで、もの悲しかった。爽快な朝に聞くならレッド・ツェッペリンのほうが、まだマシなんじゃないかと思った。ずっと聴いているうちに良いなと思えるようになってきたのに、と。

鷺梁津は留まるよりも通過する人のほうが多かった。長いあいだ留まることになったとしても、鷺梁津を〈ただいま通過中〉なのだと思っていた。それは私も、教員資格認定試験に再チャレンジする彼女も、ミンシクも、総務も同じだった。みんなわかっていた。そういう〈通過する〉場所での生活、関係がどんなものかを。私は街や地下鉄で同じ境遇にいる人を見分けることができた。

夏は浪人生にとって、もっともしんどい季節だった。いちばん暑い時期になると鉛筆を持つ力すら出てこなかった。食欲はもとからなかったけれど、集中力が低下するのが大問題だった。私はとても若かったが虚弱だったから、日にちを塗りつぶし、答えを書いているうちに居眠りする回数が増えた。徐々に暑さが増していき、体力は限界だった。周囲には高得点者の神話がひっきりなしに飛び交っていた。誰々は一日にモナミのボールペンを三本使い切るんだって、誰々は銭湯に持っていくバスケットに英単語を書いていくんだって、といった内容だった。ほとんどがでたらめだったけど――当時は不思議と、そういう話が信じられていた。私は予備校に行き、実家に電話をかけ、ポケベルの振動音に寝返りを打ち、『あなたは遠いところに』を聴きながら目を覚ました。そしてイライラすると、近所の死六臣墓《サユクシンミョ》［鷺梁津駅近くの公園内にあり、朝鮮王朝第六代の王である端宗を守ろうとした忠臣たちが祀られている］に行って息抜きをした。

ある日、ミンシクからポケベルに連絡があった。ミンシクは差し迫った声でこう言うと電話を切った。

「アヨン、並び出したぞ！」

私は予備校へと走った。カン・ソクジンの受講票を手に入れるためだった。受講申請は当日の朝から受付がはじまる。ところが有名講師は早くに受講票がなくなってしまうので、前日から並ばなくてはならなかった。並ぶのが遅れると、翌朝に〈満席、満席、満席〉と赤いスタンプが押された時間割の前で途方に暮れる結果になるのは目に見えていた。もちろんベストな方法は、全員が決められた時間にゆっくりと列を作ることだ。でも誰かひとりが並ぶと、みんなその後に続きはじめる。到着したときには、すでにたくさんの人が陣取っていた。いつもより も早い時間だった。人混みのすき間に立って片手でパンを食べ、もう片方の手で『ボキャブラリー』を持って単語を暗記した。

夜になると待機する人が増えてきた。シートを準備してきた子、座りこんで眠っている子もいた。友だちに鞄を預けて用を足しに行く子もいた。受付がはじまるまで十時間以上あった。明け方になると人数はさらに増えた。列も一列ではなく、三、四人が横並びするせいで太くなっていった。列は予備校の裏路地から鷺梁津駅の陸橋の上まで長く続いていた。千人近い人が集まっていた。私はもう本を読んでいられなくて、人混みに挟まれたまま息をひそめていた。

午前八時、ざわめきが聞こえはじめた。予備校の門が開いたようだった。彼方のそれは狭き門に見えた。あちこちから人波が押し寄せてきた。前後からの圧力で息がつまった。体が自然にふわりと浮き上がるのを感じた。私だけでなく、全員が地面から浮かんで漂っているみたいだった。ある瞬間から列はまったく動かなくなった。泣き声と悲鳴が聞こえてきた。前にいる女子がすすり泣いた。

「押さないでください。押さないで、お願いだから」

男子も喚《わめ》き立てた。

「押すなよ。押すなってば、このクソッタレどもが！」

後方の数人がささやいた。

「おい、もう少しだけ押してみるか？」

ひとりの女子が道路わきに倒れた。気絶したのか顔が真っ青だった。誰かがその子の鞄を踏んだ。ぱん――という音がしたと思ったら、鞄が真っ白に濡れた。中に入っていた牛乳が破裂したらしかった。牛乳は倒れている子の周囲に血のごとく飛び散り、広がっていった。どこからか怒鳴り声が聞こえてきた。

「おい、なんで駄目なんだ？ 徹夜で待ったのに取れないって、どういうことだよ？ こっちは地方から上京して子どもの代わりに並んでるっていうのに、金を倍払えば済む話だろ！」

何度も押し出された。私は数学が弱いから、どうしても受講しなくちゃいけないのに、先月の続きだから、ほんとに、絶対に、聴かなくちゃいけないのに。でもその場にいた千人以上の人たちにも、その講義を必ず受講しなくちゃいけない理由があったはずだ。思いきり押された。頭がくらくらした。すぐに吐き気もしてきた。あと少しでもここにいたら倒れてしまいそうだった。そのとき空中から大きな手がにゅっと差し出された。

「アヨン、おれの手につかまって」

その手をつかんだ。ありったけの力で引っ張り出された。手をつかんだ瞬間、不思議なことに助かるだろうという気がした。

希望していた単科クラスの講義をなんとか登録できた。門を出るときも――まだ中に入れない子たちでいっぱいだった。悲鳴と言い争いが絶えなかった。私は途方もない疲労感の中で奇妙な安堵を覚え――「やっと終わった」とつぶやいた。読書室への帰り道、辺りをうかがったけどミンシクは見当たらなかった。

ミンシクの消息が途絶えた。必勝学院にも来ないし電話もなかった。どうしているか気になったけど連絡はしなかった。私はミンシクと比べると非常に複雑な状況にあったし、理性もあった。だから何度も感情を判断し、分析しようとした。ミンシクの私への気持ちは一時的なものだと思った。二十歳の男子が鷺梁津でほんのひと時だけ経験する、とても特殊な病のようなものかもしれないと。日記帳に真剣な言葉をぎっしり書き留めた。そうしたらひとりで深刻になっている自分がバカみたいに思えてきた。無性に腹が立ち、机の前に貼ってある標語を破いてしまった。転がる石に苔は生えないだなんて。車輪かなんかと勘違いしてるんじゃないだろうか。さらに積極的な標語を貼りつけた。

――勉強は人生のすべてではない。だが人生のすべてでもない勉強さえもまともにできないとしたら、一体なにができるというのだろう?

教員資格認定試験に再チャレンジする彼女が、横から付箋を覗きこむとけらけら笑った。

「おかしいですか？」

彼女は腹を抱えて笑いながら言った。

「うん。バカみたいじゃん！」

わけがわからなかったが、なぜかミンシクが憎たらしくなってきた。

――ひどいヤツ！　お前なんか三浪してしまえ！

冷静さを取り戻した私は、日記帳の別のページに整った真っすぐな字でこう書いた。

――私はできる！

ミンシクから連絡があったのは、それから数ヵ月後のことだった。

ミンシクは相変わらず快活だった。ポケベルの音声メッセージにひとりでぼそぼそ無駄話ばかり吹きこんでいたが、最後に恥ずかしそうな声で言った。

「明日、一緒に63ビルディングに行かない？」

ソウルに来て数ヵ月、はじめて胸が躍った。

秋の汝矣島《ヨイド》は美しかった。ひとつしか持っていない化粧品の〈ジョンソン　ベビーローションン〉を塗って出かけた。実のところデートはつまらなかった。ふたりとも何をどうしたらいいのかわからなかった。それに63ビルディングは入場料が必要だなんて知らなかった。ミンシクは中に入ろうと言い張ったが、私は漢江の土手にいようと言った。63ビルディングなんて見なくてもいいと。漢江を前に並んで座った。背後に63ビルディングがどっしりとそびえ立っていた。韓国の進歩を前にすると、本当に韓国の未来を背負う子どもにでもなった気分だった。そして心地よい、あまりに心地よい風が吹いた。夕暮れ時の赤い川面を眺めながらミンシクに言った。

「あんた、前にさ、63ビルディングとおんなじ建物を見たって大騒ぎしたことがあったよね？」

ミンシクが恥ずかしそうに答えた。

「あのとき、アヨンもいたんだっけ？」

川面は穏やかにきらめいていた。ミンシクは指をもぞもぞさせながら、私の手を握ろうかどうしようか迷っていた。ぜんぶ見えていたけど知らん顔をした。そして〈この人、好きな女の子のかかとが、疲労のせいでがさがさにひび割れているなんて思いもつかないんだろうな〉と考えていた。ミンシクは何を話そうか思案していたが、思い出したというように口を開いた。

「そうだ、知ってる？　模擬テストのときって、仮で志望校コードを書くじゃない？　成績表に順位も出るし。でも成績上位圏のヤツらって、答案用紙を提出しないんだって。せこいよな」

「なんで？」

「自分たちのいない合格率で安心させるためだって。油断させといて不意打ち食らわすってこと」

「ひどいね」

気まずい沈黙が流れた。

「おれは韓医大［韓国式の漢方を専門とする大学］志望なんだけど、アヨンはどこの大学に行きたいの？」

私は頭を掻きながら答えた。

「まだわかんない。私立は学費が高すぎる。国立はレベルが高すぎる」

ふたりともしばらく何も言わなかった。私はどうして連絡をくれなかったのかなんて訊かないと決めていた。ミンシクはためらっていたが決心したように言った。

「おれたち、大学に行っても連絡取り合おうな」

あっちのほうで恋人の肩にもたれかかり〈頭のおかしな人〉さながらに笑いこけている女が見えた。私は返事をしなかった。ミンシクが地面を見下ろして言った。

「それでもさ、浪人生活でおれに残ったのはキミだけだと思うんだ」

自分が何を言っているかわかっているのだろうか。それぞれ大学に進んだら疎遠になることは目に見えていた。なぜなら鷺梁津はあらゆるものが〈通過する〉場所だからだった。でも、だからって百万年ぶりのデートの雰囲気をぶっ壊したくもなかった。私が黙っていると、ミンシクは実に少年らしい、今も思い出すと笑ってしまう発言をした。

「ぬいぐるみ買ってあげようか？」


大学共通の入学試験が目前に迫っていた。ミレニアムも急ぎ足でやってきていた。世界はミレニアムへの期待と興奮で浮かれていた。予備校では過去問と総整理をくり返した。大学生活を想像しながら、知っている歌謡曲が少なすぎて〈大学で歌ってくださいって言われたら、なんの曲を選んだらいいんだろう〉と悩んだ。そして〈一九九九年度から大学に通うよりは、二〇〇〇年度に新入生になるほうがカッコよくない？〉と自らを励ました。十二月には教員採用試験もあるので、再チャレンジする彼女も最後の追いこみに必死だった。彼女はストレス性の便秘を一ヵ月にわたって患っているせいで顔が黒かった。大学共通の入学試験の一週間前、彼女は一枚の付箋を差し出してきた。

——いつ、ここを出るの？

私は小さく答えを書いた。

——テストの前日、ぎりぎりに。

彼女は新たな付箋を渡してきた。

——もう一日でもあったらって思うでしょ？

私は黙って笑った。

——いや、すべてがさっさと終わってくれたらと。
彼女が返事を書いた。
——私も。
そして私をぽんと叩くと、最後の付箋を手渡して背を向けた。
——元気で。
私は小さく、そして心から答えた。
——あなたも。

試験の日は大雪だった。私は気を引き締め、順々に答案用紙を埋めていった。そして家に帰ると——数日間ひたすら眠った。胎児のように体を丸めたまま、一切の音も光もない空間でぐっすりと。じつに久しぶりの熟睡だった。
私はソウルの私大に特次［内申をほとんど考慮せず、大学共通の入学試験の点数だけで選抜する大学入試制度。一九九四年度から二〇〇一年度まで実施された］で合格した。発表があった日は本当にうれしかった。大学に通えるという事実よりも、もう鷺梁津みたいな場所でひとり過ごさなくてもいいのだという喜びのほうが大きかった。数ヵ月間はポケベルもそのままにしていたが、やがて携帯電話に変えた。ミンシクも、私も、お互いに連絡はしなかった。それは極めて自然なことに思えた。

大学時代はずっと学習塾でアルバイトをしていた。私大の学費をなんとかするためには仕方なかった。偏見だらけの院長、講師の食事代を負担したくないという理由から、自分も一緒になって食事を抜く院長、経歴のない大学生ばかりを講師として雇い、最低賃金しか払わなかった院長たちと青春のひと時を過ごした。一度など授業中にこんな放送が流れたこともあった。

「チョン・アヨン先生、座らないでください」

監視カメラで授業を見張るのが趣味の院長が、脚が痛くてちょっと腰掛けた私にマイクで伝えてきたメッセージだった。大学の時間割と重ならず、家からも遠くないところに通おうとすると、似たり寄ったりの中から最悪よりはマシなレベルの学習塾を選ぶしかなかった。遅刻を回避するために夕食抜きは日常だったし、地下鉄駅の構内から漂ってくるカステラ菓子の甘い香りに、がくがくと脚が震えたりもした。夏は暑く、冬は寒い国鉄。あっという間にやってくる子どもたちの中間テストと期末テスト。本数の少ない国鉄に乗り遅れないよう、屋台のホットサンドを片手に地下から息が切れるまでダッシュすると、靴のつま先にマスタードとケチャップが垂れていたものだった。そして遠ざかる都市の風景を空しく眺めながら——好転するって、一体なんだろうと考えた。

K－59。その昔、私が使っていた机の番号。一九九九年の私は空間や時間でなく、番号の中に生きていた気がする。でもそれはある意味、胸を張れる時期だったとも言える。だから時々つらいことがあると〈あのときと同じくらい頑張れば、なんだってできるはず〉と思うようにしている。だけど今の自分はあのときと同じくらいは頑張れないこともわかっている。なぜなら、あのときより――いろんなことを知っているからだ。

この先も願書を出し続けるか、公務員試験の準備に入るかはわからない。時間は絶えず進み、自分はそのあいだ何をしたのかという問いに答えるべきなのだろう。でも少なくとも、そのときが訪れるまでは学習塾に通わなくては。私が考えていた自分の競争力って〈健康〉レベルの平凡な条件だったのだろうか。

二〇〇五年の秋。人混みの隙間からソウルの灯りを見つめる。そして鷺梁津という地名について考える。橋の意味をもつ〈梁〉の字が、渡し場の意味をもつ〈津〉の字と同時に使われている場所。一九九九年の私が通過点なのだと信じこんでいた場所。誰もが通り過ぎる場所。本当に通り過ぎるだけの場所だったら、どんなによかっただろう。七年が過ぎた二〇〇五年の今も、どうして私は相変わらず通過中なのだろうか。つかの間の停車後、人がどっと乗りこんできた。ある女性が私の足を踏みながら叫ぶ。「押さないで！」宇宙の彼方、まだ名前のない恒星がきらりと光った。そしてはるか遠くから「アヨン、おれの手につかまって」という声が聞こえてきた。はっと我に返り、電車がどこを走っているのか確かめる。もう家の近くまで来ていた。冷たく深い秋の夜。地下鉄は相変わらず、そして黙々と――ソウルの北へと走っていた。

包丁の跡

母の包丁の刃先には、死ぬまで誰かの面倒をみて食べさせてきた人間の無心が漂っている。私にとって母は泣く女でも、化粧する女でも、従順な女でもなく、包丁を握る女だった。健康で美しかったけれど、フォーマルな服装のときもおでん《オムク》をむしゃむしゃ食べる。そのくせ自分がむしゃむしゃ噛んでいるという事実に気づかない田舎の女。母はひとつの包丁を二十五年以上も使ってきた。私の年齢に匹敵する歳月だ。切り、割き、刻むあいだに、包丁は紙のように薄くなっていった。噛み、飲みこみ、咀嚼《そしゃく》するあいだに、私の腸や肝臓、心臓、腎臓はすくすく成長していった。私は母が作ってくれる料理だけでなく、その材料についた包丁の跡も一緒に飲み下した。真っ暗な体内には、じつに無数の包丁の跡が刻まれている。それは血管を伝って全身を巡りながら私に触れる。私にとって子を持つ女が痛いのはそのためだ。器官がすべて知っているのだ。私は〈胸が痛い〉という言葉を物理的に理解している。

母はよく包丁を研いでいた。卵をたっぷり孕《はら》んだ四月のワタリガニを割ったり、犬の後ろ足を切ったりするときは、週に何度も研ぎ石を引っ張り出した。タイルも敷いていないモルタルの床からは下水の臭いがした。台所にしゃがみ込んで包丁を研ぐ姿は、子を産んだあらゆる雌がそうであるように大きく丸かった。腰回りの肉のせいでまくれ上がったTシャツ、パンツから無造作にさらけ出されていた白い尻の割れ目。私はその後ろ姿に、もうじき消え去る部族の影を見た。もしかすると母の言葉、韓国という小国に暮らす人びとの中でも、さらに小さな国の人びとが使う、あの言葉のせいかもしれなかった。ベンガルトラにはベンガルトラの言葉が、シベリアトラにはシベリアトラの言葉が必要なように。年齢を重ね、ふと注視するようになった母の言葉。美しい観光地と同じように、もうじき消え去るのだという予感を抱かせる。子を持つ女のほとんどが子より先に逝き、子を持つ女の言葉は子より長生きした。包丁を研ぐ姿を目にするたびに、不思議とそんなことを思う。

私がひっきりなしに食べなくてはならなかったように、母はひっきりなしに何かを作らなくてはならなかった。これといった仕事がなくても台所であれこれ寝かせ、漬け、保存している姿を見かけると、怠けたり、生意気なことを言ったりと、いかにもガキっぽい態度をとりたくなるのだった。だから母が忙しいのは百も承知のくせに、床にひっくり返ってテレビを観たり、敷居にもたれて小言を言ったりした。日が暮れると、ご飯を炊くにおいが少しずつ漂いはじめる。まな板の刃音が脈拍のように家の中を満たしていく。明け方になるとかすかに聞こえてくる米を研ぐ音のように当たり前で落ち着く音だった。よく母の包丁を手に取ってみたものだった。危険物を握りしめているという理由だけで、自分はそれをコントロールしているのだと信じた。木製の包丁の柄は黄色いテープでぐるぐる巻きにされていた。長い歳月、柄は何度も変わったが、刃はずっと同じだった。削りすぎて輝きは失われてしまったけど、すり減ったことによって芯が強くなった光のようだった。母の包丁に愛や犠牲を見出そうとしたわけではなかった。私はそこに〈子を持つ女〉を見た。そして、そういうとき私は子どもでなく幼獣になった。

母は二十年以上にわたって麺料理を売った。店の名前は〈うまい堂《マンナダン》〉だった。つぶれた製菓店に入居し、看板もそのまま使った。お手製のカルククス［ククスは麺料理の総称。包丁を意味する「カル」がついたカルククスは、包丁で切った平麺を温かい出汁で食べる料理名］屋は田舎で、女が、小資本で、容易にはじめられる稼業のひとつだった。作り方は簡単だった。釜にアサリと昆布、長ネギ、ニンニク、塩を入れて途中から麺を投入し、少し待てば完成だ。でも簡単な料理ほど腕前によって味が変わるのは、幼い私でも知っている事実だった。母のカルククスは素晴らしかった。夏メニューの冷たい豆乳のククスも絶品だった。真夏、火の前に立って麺を茹でる母は氷の浮いた豆乳を器ですくうと、ごくごくと飲み干していた。唇周りの産毛には白い豆乳がへばりついていた。きょとんと眺めていると、豆乳に砂糖を入れて私にも飲ませた。〈うまい堂〉は盛況だった。久しぶりに市場に出向いた農夫たちも、農協や水産物協同組合、セマウル金庫の職員も、中学校の先生や酔い覚ましに来た飲み屋の女の子も、誰もが家にやってきてククスを食べた。遠方から訪れる人も少なくなかったが、食べる姿を見るだけで、彼らの〈関係〉がわかると母は言った。私はホールで料理を提供してくると「あの人たち不倫じゃない？」と目を細めて見つめた。母はたしなめながらも「そのとおり、じつは不倫だよ」と相槌を打った。母には自分の料理に対する自負があった。麺のコシも重要だったが、ククスのカギを握るのはキムチだった。キムチは四日に一度ずつ漬けていた。大きなたらいに上半身を突っこんで調味料《ヤンニョム》を和える姿は、長いこと店先のお決まりの風景だった。その姿はたらいを入口とする地下世界にはまらないよう、もがいているように見えた。よく漬かった株漬けキムチを取り出して切るときの、しんなりした白菜の茎の間から新鮮な血のように流れ出してくる汁、そして小さな気泡も思い出される。母がククスを作りはじめると、その横に立ってツバメのヒナみたいに口を広げた。すると茹でたての麺を一、二本すくってくれる。それから素手でつまんだキムチを折りたたんで口の中に入れてくれた。キムチからはぴりっと辛いサイダーの味がした。私の真っ暗なくちばしの中にキムチとともに入ってくる母の指の味とでも言おうか。肉の味はぬるくてあっさりしていた。包丁が白菜の図体を切り分け、通過していくときに伝わってくる、さくさくとした質感とすがすがしい音がとても好きだった。薄暗い台所の中、扇風機の隙間から差しこむ陽光の骨、その光の近くに立つ母の横姿、そういうものも。

台所には包丁が五本ほどあった。麺を切るのに使うのは、そのうちの一本だけだった。残りは果物を切ったり、貝を剝《む》いたり、キムチを大量に漬けるシーズンになると手伝いの人に貸したりしていた。母は目をつぶっていても麵を切ることができた。右手が包丁で切るあいだ、左手の指二本はそのリズムに合わせて、ちょこちょこ後ずさりをした。包丁さばきには一切の迷いも不安もなかった。そこには長きにわたってひとつの技術を会得《えとく》した人間の自負、きちんと生活できているという安堵、単純作業をくり返すときの疲れが入り混じっていた。母は刃先にこびりついた生地を鉄のスプーンでこそげ取っていた。私は父の大きなジャージのズボンを穿き、細々した面倒な仕事を手伝った。思春期の頃はお盆を持って出前にも行った。道で好きな男子と出くわして脚ががくがく震えたこともある。せっかちな母は小言も多かった。長ネギは分け目の部分をしっかり洗わなきゃ。モップ掛けしなさいって言ったのに、ホールに水を塗りたくったのか。テーブルを拭くついでに、スプーン立てを磨くってことも知らないのか。それは置いときな、あたしがやるから、お前はやり方を知らないだろ。私だって教えてもらえばできるのに、難しい作業でもなさそうなのに、母は毎回さりげなく威厳をちらつかせながら言った。「それは置いときな、あたしがやるから、お前はやり方を知らないだろ」。私は手伝いながらおしゃべりした。母が反応してくれるのがうれしくて、わざとふざけたことを言ったりしたものだった。母が「商売は大変だ」と言うと「じゃあ、子育ては簡単だとでも？」といった具合に叱るのだった。すると母はにっと笑い、素早く包丁をかまえて私を狙うふりをした。「土手っ腹に刺しこんでやる！」という台詞もためらわなかった。子どもに拳骨を食らわす親がいるように、母は芝居でたしなめる方法を使った。私は不意に飛んでくる刃に仰天した。でもその仰天の裏には、母は絶対に私を傷つけないという安堵、深い信頼が根を下ろしていた。母はガキをビビらせ、からかうことを楽しむ女だった。五歳のとき、母がぶるぶると部屋で体を震わせていたと思ったら、いきなり死んだふりをしたことがあった。私は偽物の死体の隣で夜通し号泣する羽目になった。私の服にインゲン豆を入れて「ダンゴムシだ!」とペテンに掛け、身をすくませたこともあった。床を転げまわる私を見ながら、母はいつもけらけらと笑っていた。そのたびに大泣きし、その後はどこまでも平和な表情で眠りにつくことができた。

私に包丁を突き出していたわりに、その包丁でしょっちゅう怪我していたのは母のほうだった。忙しい時間帯にひとり慌てたせいで切ってしまうのだった。一度できた傷はなかなか治らなかった。水を使わない日はなかったし、ヤンニョムのほとんどを素手で釜に入れていたからだ。母は調理に配膳、会計、掃除、食器洗いをひとりでこなしていた。それでも儲かるのが楽しくて、ちっともつらいなんて思わなかったそうだ。麺を切っていたら指三本を怪我したことがあった。母はつらそうな表情で止血をすると、ふたたび麺を切り、配膳した。血は止まらずに流れ続けた。親指の爪はすでになくなっていた。すぐに配膳した料理に問題が見つかった。白いプラスチックの器の側面に血がついていたのだ。幸いなことに、その席に座っていたのは優しい田舎のおばあちゃんだった。母は平身低頭して作り直してくると告げた。おばあちゃんは木の皮みたいな手で器の側面をさっと拭いた。そして何事もなかったかのように「あらあら、ここに血がついてるね」と言った。おばあちゃんはしわくちゃの口でずるずる麺をすすりながら尋ねた。

「傷は大丈夫かい？」

母は店をやっていて、もっともお客さんに感謝した日だったと言っていた。

母の鉄則のひとつに料理を提供する順番の順守があった。それはどんな店でも同じだろうけど。客が一度に押し寄せても、一歩でも早く入店したのは誰かを把握していた。客が不快に感じるからでもあったのだが。ずっと前、ある女性客が出されたばかりのククスを手に店外へ出ると、道にぶちまけた一件があったからだった。それが心の傷になったようだった。飯屋をやっていると大抵のことは経験するが、母が覚えているのはそういう些細な出来事だった。いちばん印象に残っている客も、これといった特徴はなかった。ある日、ひとりの男がやってくるとククスをふたつ注文した。個室を使いたいと言ったので、母は茶の間に膳を整えてやった。ククスとトウガラシ入りの合わせ調味料、キムチの小皿がすべてだった。男が空の器をひとつください と言った。母は何に使うんだろうと思いながら注意深く見守った。男は向かい側に置かれたククスに空の器をかぶせた。冷めてしまうと思ったようだった。まもなく女が現れた。にっこり笑うと空の器を外して箸を手にした。ふたりは向かい合ったまま、静かに、親密なようすでククスを食べた。母は呆然とした目で彼らを眺めていた。そういう日常的な思いやりとでも言うのだろうか、些細な温もりを受け取ったことのない〈女の目〉で客に接していた瞬間だった。料理が上手で、働き者で、下品な言葉を得意とする母は得体の知れない感情に気づいた。生きていると、重要な意味をもつ静けさが頭上を通過することがあるが、母にとってはまさにこの瞬間がそうだった。

母がその包丁と出会ったのは二十五年前。父の職場があった仁川《インチョン》の在来市場だった。大きなお腹を抱えて市場に出向いた母は、八百屋の片隅で包丁を売る行商人と出会った。彼の前に置かれたリンゴの箱の上には、軍人が使う鉄のヘルメットがひしゃくみたいにひっくり返っていた。彼は鉄のヘルメットの上に包丁を力強く、たん！　たん！　と振り下ろしながら「これでも刃が欠けない」と叫んだ。女たちがざわめいた。母もあどけない新妻の目で、びっくり仰天したというように行商人を見つめた。彼は包丁を高々と掲げ、これはただの〈ステンレス〉じゃない、〈特殊ステンレス〉だと言った。銑鉄《せんてつ》の包丁は重いうえに錆びやすく、ステンレスだと柔らかすぎるが、これは硬さが適度なのでちょうどいいと。柄の部分は丸くて厚みがあり、松の木で作られていた。母は千五百ウォンでその包丁を買った。騙されたような、そうでないような気もしたが新婚生活には必需品だったし、包丁の威厳というか、丈夫さに惹かれたのだった。その日、ボール紙でぐるぐる巻きにした包丁を抱き、急斜面の貧民街《タルトンネ》を上っていた母の胸は、ラブレターを抱きしめて走る少女さながらにときめいていたのだった。その日から母は指輪のきらめきではなく、包丁のぎらつきを握って生きた。

その包丁にまつわる記憶はふたつ。ひとつは七歳のときで放課後の出来事だ。母は店が忙しくて手一杯だった。私は少しふくれていた。ホールと部屋が客でいっぱいのときは、外でどうにかして時間をつぶしてこなければならなかった。でもその日は嫌だった。母にまとわりついた。母には私が見えていないようだった。消え入りそうな声で「お腹空いた」と言った。その声も聞こえていないようだった。私は〈ククス屋の娘が飢えるなんてあり得ないよね？〉と、不当な待遇を恨めしく思った。母に罪悪感を抱かせたかった。だから「お母さんは、自分の子どもより客のほうが大事なの？」と叫んで店を飛び出した。どこかでさっさと死んでしまうつもりだった。母は追いかけてこなかった。私はうつむいたまま歩いた。ところがいきなり犬が現れて行く手を阻んだ。牛と同じくらい大きくて、地獄からやってきたみたいに真っ黒で、見るからに恐ろしげなヤツだった。犬は黄色い歯をむき出しにして「わん！」と吠えた。わんわんと響く鳴き声に全身が凍りついた。私は「うわぁ！」と大声をあげた。体のどこからそんな大声が出たのかと思うほどの鋭い悲鳴だった。そのとき、どこからか母が疾風の如く現れた。エプロン姿のまま、包丁を手に。ククスを切っている途中だったのか、意図的に持ってきたのかはわからなかった。母は私の前に立つと、犬を激しく追い立てた。私はうわーんと大泣きした。母はふたたび店に戻っていった。大事に至ったわけでもないのに、包丁を持って黒い犬と対峙していた母の姿がそれからもずっと忘れられなかった。

もうひとつの記憶は最近のものだ。ソウルの大学に合格し、家を借りて生活用品をそろえていた日だった。母と私はタクシーで近くの大型スーパーに向かった。米やインスタントラーメンからトイレットペーパー、洗剤、生理用品に至るまで、ひとりで生きていくために必要な品物を買う必要があった。ソウルに行くんだからと小綺麗な格好をしてきた母は、山のように積まれた商品と迷路のような通路に気後れしていた。親らしくリードして、小言のひとつも言いたいのに、ここには自分にできることが特になさそうだったからだ。品物を手早く調べて選んでいったのは、むしろ私のほうだった。母は黙々とカートを押し、後ろからついてきた。化粧直しをしていない母の鼻筋はてかてかしていた。すっきりとまとめ上げた髪は短い毛が何本か飛び出しているせいでぱさぱさに見えた。私たちは食品コーナーに立ち寄っておでんを食べた。大口を開けて食べる母を見ながら〈あ、お母さんって、ああいう食べ方するんだ、いつもあんなふうに食べてたんだ……〉と思った。母は無垢な表情で周囲をきょろきょろ見回していた。ふたたびカートを押しながら店内をさまよった。若葉マークのドライバーみたいに、ほかのカートにぶつかったり押されたりして慌てていた。しばらくしてキッチン用品のコーナーに着くと、どんな包丁にしたらいいのか悩む私に向かってドイツ製の包丁をにゅっと突き出し、

「これにしな」と言った。私が包丁を握って首をかしげると、母は淡々とした口調で短く告げた。

「あたしは包丁には目が利くんだ」

結婚前の母はモテた。目が大きくて額の形がよく、しょっちゅう男たちから求愛されていた。お洒落するのが好きで、貝掘りをして稼いだ金で買った合成皮革のブーツやロングコートを身につけていた。くねくねした字でペンパルもしていたし、母方の祖母がご飯を炊きなさいと言うと、子どもに死なれて悲しんでいる母親でもないのに、ぼうっと東の空を見つめていたそうだ。求愛の方法はさまざまだった。鉄のヘルメットに山盛りのイチゴを持ってくる軍人、毎日のように水をひとすくいだけくださいとやってくる男もいた。快活で傲慢な母にたったひとつ弱点があるとしたら、それは素直で内気な男だった。あらゆる色目を拒み、母が父を選んだのにはそれなりの理由があった。父は母に会うため、自宅から母の家まで何十里もの道のりを歩いて通った。勇気が出ず、両方のポケットに入れた焼酎を飲みながら。好きだという一言が言い出せず、また何十里もの道のりを歩いて帰った。徒歩で三時間以上かかる距離だった。言うなれば、父はこういう人間だった。シチュエーションは自分が作り、決定は母にさせる。いずれにしても、包丁さばきの上手な母がいまだに切れないものがあるとしたら、それはたったひとつ、夫婦の縁だ。

新婚時代のふたりは仁川で暮らした。田舎では藁《わら》の大袋に入った米を食べていたのに量り売りで買うことになったとき、母は改めてもどかしく、やるせない気持ちになった。父の給料が少なくて一、二キロずつ包装された米を買い、そのたびに運んでいた時期の話だ。市場で包丁を買った夕方、母は不安な胸の内を打ち明けた。妊娠が先だったから実家は助けてもくれない、この先の暮らしも見通しが立たないという話だった。父はなだめるように、そしてそんなことは人生で大して重要な問題でもないというように答えた。

「人生ってのは、本来どん底からはじめるものだ」

四歳上の国卒の夫が、同じく国民学校しか出ていない自分に放ったこの一言がカッコよくて、そして憎たらしくて、母はこんなことを思ったそうだ。

〈あいつ、口がうまいね〉

それから三十数年が過ぎた現在、母が身の不幸を嘆くと、父はいつも煙草をふかしながら映画俳優のように言った。

「人生ってのは、本来どん底からはじめるものだ」

ククス屋のチョンセ［賃貸契約時に月々の家賃の代わりに高額の保証金を預ける韓国特有のシステム。保証金は退去時に返却される］の保証金にしているお金が必要になり、契約を月々の家賃に変更することになったときも、お金を貸した先輩が行方をくらましたときも、私の大学の入学金を工面する方法が見つからなかったときも、父は決まってこう言った。

「人生ってのは、本来どん底……」

父の言葉をさえぎるように、母はトイレットペーパーを投げつけて怒鳴った。

「このどん底野郎が！」

一度だけ父が台所の包丁を手にする姿を見たことがあるのだが、それは深夜の自殺騒動だった。内緒でサラ金から借りた二十万ウォンが数ヵ月のあいだに五百万ウォンになっていて、険悪な人たちが出入りしていた。その金が父の遊興費に使われたことを私たちは知っていた。父は夜通し母と言い争った。弁明し、説得するかと思えば、何か怒鳴っているようでもあった。父はいきなり台所に走り、まな板の上の包丁を取り上げた。そして「全員、ぶっ殺す」と息巻いた。自分も「死んでやる」と。目の中で異様な光がぎらついていた。父はアイボリーのゆったりした下着姿だった。死なないことはわかっていたが、母は必死になだめた。父は包丁を握ったまま二時間以上も人生と哲学について語っていたが、いきなり寝落ちした。いびきをかく姿はお気楽なこと極まりなく、どこまでも肯定的だった。

母は、私が五歳のときに借金してクス屋をはじめた。最初は家長の面目が立たないと反対していた父だったが、結局は暮らし向きが豊かになると喜び、しまいにはすべてを母に押しつけようとした。その頃から母は松峴洞《ソンヒョンドン》の在来市場で買った〈特殊ステンレス〉の包丁を本格的に使うようになった。行商人の言葉どおり包丁は素晴らしかった。まな板の上をとことこ歩き出した。手の動きは速く、包丁が刻むリズムも軽快だった。両方とも若く、丈夫なところが似ていた。母が包丁を握り、料理を作る姿には、どこか手厳しい一面があった。時々、その手厳しさの正体が気になったものだった。でも考えが深まりそうになると母が食べ物を折りたたんで口の中に入れてくれたから、すぐに忘れてしまうのだった。母は牛のように黙々と働いた。でも敏捷で寛容な牛だった。適度な虚栄心もあり、商売人はいつも身綺麗にしてなきゃと、化粧品にも金を惜しまなかった。「社長さん、美人ですね」と言われるのがうれしくて、いやいやとそのたびに手を振り、納屋で鏡を見ていた。母は現実的な女だった。すべてに順序と計画があり、合理的に行われるべきだと考えていた。いつまでに借金を返済し、いつまでに家を買い、金をどうやって分散させて貯金するかについて計画していた。よく笑い、情け深かったが、その日最初の客がひとりだと露骨に眉をしかめたし、子どもを三人連れた夫婦がククスをふたつしか注文しないときも台所でぶつぶつ言っていた。反対に父は瞬間を生きる人間だった。稼いだ金はほとんど自分のために使っていたし、驚くほど楽観的だった。地域社会では認められているほうだった。ここで生まれ育ったうえに慶弔行事をきちんと行い、人としての役割を果たしてきたおかげだった。だが、その根底には父が拒絶できない人間だという事実があった。口数が少なくて優しい婿だと言われていた父がもっとも得意とする台詞は

〈そすか《クリュ》〉だった。忠清道《チュンチョンド》の方言で、〈そうですか《クレユ》〉を縮めた言葉だった。ウナギを裂く刺身包丁のように卑劣な目つきの先輩に大金を頼まれたときも、信用のなさで有名な近所のおっさんが担保を要求してきたときも父は黙って話を聴いていたが、ついに口を開くと、こう答えた。

「そすか」

私が私大に進学すると言ったときも簡単に承諾した。母が反対しながらも学費を工面してくれる人だとすると、父は賛成するだけで何ひとつ気にかけない人だった。〈悪い〉というより、ちょっと困った人と言えた。

父が母を失望させたのは新婚の頃からだった。母が無理して用意してくれた金の結婚指輪を、友人との飲み代のかたに取られてしまったのだ。まだ結婚して一日にもならないときの出来事だった。何度か持ってくる、持ってくると言ったが、結局は取り戻せなくなってしまった。自分は銅の指輪ひとつ贈れなかった分際でだ。数年後、父は流れ者の女とペアリングをはめるようになった。年配で体格のいいアカスリ女だった。近所の女性が噂するのをはじめて聞いたとき、母は手持ち桶に熱湯を汲み、腕にこびりついた小麦粉をこそげ落としていた。その女性はこう言った。あそこのおじさん、アカスリ女の仕事が終わる時分になると、必ず冷やしバナナ牛乳を持って入口で待っているんだって。母は緑色のアカスリ手袋を片手にはめた状態で、その話を聞いた。呆然とした表情の下、湯気の立つ手持ち桶の中ではふやけたアカがぷかぷかしていた。私は父を恨まなかった。ただ父に恋人がいるように、母にも男がいたらいいのにと願った。労働を終えて眠る母の背中をなでてくれ、しわの刻まれた顔に触れてくれる、そんな手が。人にそういうものが必要なのは当たり前ではないかと。こういう道徳観を持つようになったのには周囲の雰囲気が大きく影響していた。奇妙なことに、この町の大人は誰もが恋人を持っていた。中年のおじさんたちは大っぴらに話題にしていたし、恋人がいないと無視されるようだった。おばさんたちも大差なかった。かなり賢いやり方で浮気をしていた。でも私が目にした田舎の不貞は、テレビドラマのように深刻でも致命的でもなかった。自然で、時に明るく、密かで、人騒がせだった。田舎に吹くその風は、ずっと昔から世界を動かしてきたひとつの〈運動〉なのだと感じていた。ある人はそれを過ちと、ある人は愛と、ある人は不倫と呼んだ。どんな名前がふさわしいのかはわからない。ただ確かなのは、当時の町の周囲には得体の知れない情念のエネルギーが、ニシンの群れを太らせるリマン海流のように奥深く流れていたという点だ。父の浮気が気がかりだったのは、私たちを捨てるかもしれないという思いからでも、善悪の物差しによる判断からでもなく、いつか母を傷つけるのではないかという予感のためだった。夫や父親としてではなく、人としての一抹の道義みたいなものに反しているのではないか、つまり母の前でペアリングなんかするべきではないのではないかという。母はプライドを保とうとするように告げた。デート、そんなの結局は金だろ。毎月の支払いだって一ヵ所や二ヵ所じゃ済まないんだから、家に入れる金くらいは毎日欠かさないようにしてほしい。父は否定も肯定もしなかった。切羽詰まった場面になった瞬間、何も言わなくなるのが長所だった。父は建設現場で稼いできた日当を文箱の上に置いたが、何日かすると日が空くようになった。母が何か言うと日当を置くようになるが、また日が空くといった具合だった。母はアカスリ女が働く村の銭湯を訪れた。そして湯船から頭だけ突き出したまま、女の動きを、おっぱいを、尻と太ももを隅々まで観察して帰ってきた。数日後、母はキムチを切る手を止めて「はっはっは」と笑いながら言った。

「まったく、いや、あの女、完全にばばあだったよ、ばばあ」

そう言ったかと思ったら、今度はしょんぼりしはじめた。付き合うにしてもさ、よりによって、なんであんな女なんだろう……と。そのあいだも母は生地をこね、白菜を漬け、アサリを剥き、傷んだ豆を取り除いた。補償心理［弱点や劣等感などを別のものでカバーしようとするアドラー心理学の考え］から花札場にも足繁く通った。年上だと思われるために年齢を偽っている女たちと一緒に。美容院や居酒屋で靴を隠して。あるとき、ひとりのおばさんの恋人が派出所に通報した。自分と会ってくれずに花札ばかりしていると、腹立ちまぎれの仕業だった。警察がドアをノックする音に〈ギャンブラー〉たちは慌てて散り散りになり、母は両手に現金を握りしめてあぜ道を走る途中で転び、泥まみれになって帰ってきた。父の女がつんと澄ました顔でバナナ牛乳を吸っている頃、母の賭け金は上がり続け、一点あたり五百まで跳ね上がっていた。そんな渦中にあっても母が欠かさなかったこと、それは食事の用意だった。不思議だった。商売ならともかく、どうして浮気をする父のためにタチウオを焼き、ナスを和え、フナを煮つけることができるのか。それもすべて父の好物ばかりを、だ。それは母がいつの間にか見出した潔さのようなものかもしれなかった。あるいは私のためだったのかも。それとも、なんでも一度は自分で経験してみる必要があると思っていたからかもしれなかった。あるとき私は、自分が本当の意味で飢えを経験したことがないという事実に気づいて、戸惑ったことがあった。貧しさや豊かさという意味ではなく、文字どおり誰かの純粋な空腹、純粋な食欲を、別の誰かが数十年にわたって満たしてきたという事実が、なんとも不思議で驚きだったからだった。長い歳月、母は何かを寝かせ、漬け、保存し、大笑いし、たまに腕のアカをすりながらひとり泣いた。女が包丁を研いで使うと星回りが悪くなるって言うけど、これまで大したことは起こっていないのを見ると、大丈夫なんだろうねとしらばっくれながら。誕生日には裂いた牛肉入りのわかめスープ、旧正月には棒状の餅、遠足の日にはキンパ、冬には大根の水キムチを作ってくれた。そのあいだに私の心臓や肝臓、腸、腎臓はすくすく成長していった。料理についた包丁の跡も、体内を目まぐるしく回りながら私に触れた。その事実に気づいていなかったから、逆に私はよく育った。一年が過ぎると母は棒状の餅を切り、季節が変わると青豆を茹でて豆腐を作った。私は熱い料理を食べ、成長したが、その中ではいつも新鮮な鉄の匂いがしていた。いつだったか母に訊いたことがある。

「お母さん、どんな包丁が良い包丁なの？」

母は大学まで出た子が、そんなことも知らないのかというように答えた。

「どんなって、よく切れる包丁に決まってるだろ、ほかに何があるっていうのさ！」

母はよく台所の隣にある納屋に行っていた。私は納屋の匂いが苦手だったが、食べるものはすべてその中にあった。埃が積もったガラス瓶に入れられたニンニクの醤油漬け、しんなりしたネギのキムチ、復讐の念を抱いて腹這いになっているカンジャンケジャン、甕《かめ》の中で夢のように揺らめきながら熟成していく水キムチを見ていると、自分が大昔の人物になった気分になった。埃まみれの扇風機はゆっくりゆっくり回った。母は前屈みの姿勢で床に座って包丁を研いだ。私は砥石の前で上下に揺れる母の尻を見ながらつぶやいた。「お母さんは良い母親だ。お母さんは良い女だ。お母さんは良い包丁だ。お母さんは良い言葉だ」と。

＊

訃報を聞いたとき、最初はなんの感情も湧かなかった。まるで自分には最初から母親が存在しなかったかのように。母が死んだ事実よりも、自分に母がいた事実のほうが馴染みも薄いし、恐ろしく思えた。夫に電話をした。夫は休暇届を出してすぐに帰ると言った。地元の医院まで三時間あれば着けるはずだった。死因は脳卒中だった。数年前から指の節がずきずき痛んで、生地をこねるのがきついと言っていた。母の体は自らが決めた目盛りに信号を送っているのだろうと思っていた。おそらく母にはそういうものがあったはずだ。〈最低でも、いついつまでは〉という肉体の時計が。私が卒業するまではとか、結婚するまではという経済的な時間の節が。母は自分で決めた時間よりも速いスピードで枯れていった。最初に錆びついたのが手で、次が膝だった。カルシウム入りの健康食品をせっせと摂取していた。最近は体に気をつけていたし、運動もしていたようすだった。でも血圧の薬は飲んでいなかった。体に合う薬を見つけるのが難しく、一度に一週間分しか処方しない薬局の方針が面倒くさいと言っていた。私たちも母の血圧はあまり気にしていなかった。家族が心配していたのは変形性関節症だった。よほどのことがないかぎり大げさに訴えない母が〈痛い〉という言葉を使うと、私は何をどうしたらいいのかわからず、なすすべもなく楽観的なことばかり言った。母が身の上を嘆くときは、どこで習ったわけでもないのにパンソリのリズムが登場したものだった。ひとつの単語を長く伸ばしたり強調したりして、慟哭するような語り口調だった。〈うまい堂〉の景気は以前のようにはいかなかった。町の石油化学工業団地に投入された労働力は引き潮のごとく引いていき、停留所の近くにチェーンの海鮮カルククス屋ができたせいだった。店に客がいないと人目が気になって恥ずかしいと言っていた。金の問題ではなく世間体が悪い。最近は近所の食堂のほとんどが不景気だ。田舎にはアジア通貨危機の余波が遅れてやってくるとは聞いていたが、今がその時期のようだと。私はその今が〈今〉であることが申し訳なかった。母は、すぐに良くなるはずだという私の言葉に慰めを感じているようだった。でも私が同情したりたしなめたりして、小言のひとつでも言おうとすると、決まって腹を立てて電話を切った。

「あたしは、あんたのガキかい？」

母は台所でククスを茹でている最中に倒れた。ちょうど良いタイミングで火加減の調節ができなかったククスの汁はどっと溢れ、ガスは消え、ホールから客たちが駆け寄ったそうだ。床にはスプーンがひとつ落ちていたとも。母は死ぬ直前、料理の塩加減をみていたらしい。


斎場はごった返していた。身内は愁いに沈んでいたが、弔問客の多さに対する自負の光は隠さなかった。喪服の白い韓服を着た女たちがせっせと料理を運んでいた。伯母は葬儀社の人間に絶えず何かを指示し、確認していた。日が暮れると、あまりに大勢の弔問客が押し寄せて料理が足りなくなったからだった。一人前の料理が準備され、片付けられ、ふたたび準備され、片付けられることのくり返しだった。私は人びとが一斉に口を開けて何かを食べ、飲みこむようすを眺めていた。ユッケジャン、ご飯、餅、スルメ、ピーナッツ、タラのチヂミ、茹でた豚の頭肉のスライス、果物、ビール、焼酎、サイダー、サラダ、キムチ、ナムル……。ふと、ひとり暮らしをしていた頃、些細な問題にぶつかるたびに、母に電話していた記憶がよみがえった。

「お母さん、味噌チゲって、どうやって作るの？」

母は真剣に答えてくれた。

「うん。味噌を入れて、そのまま煮れば出来上がり」

「……」

私は〈そんな貴重な情報を教えてくれるなんて、ほんとありがたいわ〉という口調で生意気に答えた。

「キムチチゲはキムチを入れて煮て、わかめスープはわかめを入れて煮るんだ？」

母はけらけらと笑うと、ようやく詳しい作り方を教えてくれた。私は訊いてはまた訊き、頭の悪い子みたいに振る舞った。母は私に質問されると喜んだ。ニンニクを刻み、豆腐を切り、キムチを切りながら、たまに母を想った。大型スーパーで買ってもらった包丁を握りながら。良い包丁だとかフライパンの類いが、ひとり暮らしにどれほどの喜びを与えてくれるか気づくのに大して時間はかからなかった。斎場の雰囲気は慌ただしく落ち着かなかった。伯母の指揮にもかかわらず、料理を運ぶ女たちは右往左往していた。せっかちな母がこのようすを見たら絶対に袖をまくり上げながら棺の中から出てきて、料理の提供は自分に任せろと言ったはずだ。素早く弔問客の状況を把握し、順序を決め、全員が満足するだけの順調かつ公平な接客をしながら。こっそり香典の額も数えながら。

私は妊娠中だったが、何も食べたくなかった。夫は何度も食事を勧めてきた。私はユッケジャンの匂いがどうしても嫌なのだと言った。それは斎場の周囲を埋め尽くし、悪夢のようにふわふわと漂った。むかむかしてめまいがした。夫は果物か餅でもいいから、少し食べなと言った。私はちっともお腹が空いていないと答えた。夫は一日中何も食べていないのにそんなことがあるか、子どものためにも何か口に入れなと言った。私は〈大丈夫〉だと答えた。夫は頼み、哀願していたが、ついには怒り出した。年寄りたちが夫の肩を持った。実家に戻って休んできなさいと言う人もいた。まだ三ヵ月にしかならないのに、何をそんなに騒ぐのだと、私はぶつぶつ言った。夫はユッケジャンのスープをご飯にかけると、私の前に置いた。仕方なくスプーンを口に運ぶと吐き気がこみ上げてきた。口をゆすいでトイレから出ると、廊下に立っている父の姿が見えた。父は大伯父と葬儀の日程を相談していた。母は家の近所にある先祖代々の墓地に葬られる予定だそうだ。本来は遠方にあったのを一族で金を出し合って良い場所に移したのだった。年寄りたちは墓地に行くたびに哀悼よりも安堵を覚えるようだった。おそらく〈あそこに、自分の場所もある〉という思いからだろう。大伯父は「その隣は、いずれ君の場所にして」どうのこうのと言っていた。父は一発屋の歌手さながらに最後は号泣しながら答えた。

「そすか」

喪服用の笠をかぶった父はいつもよりすらっとして見えた。長くなった父が長くなった手で顔を覆うあいだ、私は母の遺影を見つめた。ずっと昔、体を震わせて死んだふりをしたときのように奇妙な笑みを浮かべていた。爽やかで美しいけれど、同時に胡散臭くて不埒《ふらち》な笑顔でもあった。

翌日になると弔問客はさらに増えた。親睦会のメンバーやご近所さん、花札仲間、素知らぬふりをするお互いの情夫たち、セマウル金庫や農協、水産物協同組合の職員の姿もあった。従妹の結婚式のときもそうだったけど、自分とよく似た一団が行ったり来たりする姿を目にしながら、私はいらぬ気まずさを感じていた。血筋の顔かたちというか、遺伝子というか、そういうものの前で感じる気恥ずかしさだった。あっちのおじさんといとこ、こっちのはとこは、どこにでも出没した。彼らの顔は、すなわち私の顔でもあった。トイレで私の額を見かけ、靴箱の前で私の鼻筋を見かけ、駐車場で私の二重まぶたを見かけた。彼らは言うまでもなく〈私たちは親戚に違いない〉と照れくさそうに通り過ぎた。父はひどい有様でやつれていた。私も一睡もできなかったせいで、がさがさの顔をしていた。母のご近所仲間は床にひれ伏して全身で悲痛な思いを吐き出した。そして涙を拭い、素早く片隅に毛布を敷いて座ると花札を配りはじめた。母の魂が毛布の周囲で後ろ手を組み、やきもきしながら口出しする姿を想像した。夫は今日も食事を勧めてきた。水を飲むだけでもむかついた。夫は気が気でないようすだった。私は意識もはっきりしていたし、疲れてもいなかった。親戚の女たちは仕事の輪に交ぜてくれなかった。何か手伝おうとすると、にっこり笑いながら仕事を奪っていった。腹が立ってきた。夜になると父が駐車場へ呼び出した。父は家で少し休んできなさいと言った。私はあと数時間で出棺だから、このままここにいると答えた。父は荷物を取ってきてくれたらと言った。私はそういうことは夫に頼んでと答えた。父は家のことを彼はよく知らないだろうと言って煙草を吸った。下着と靴下を持ってきてほしいとのことだった。そんなものはここで買えばいいじゃないと言い返そうとしたが、わかったと答えた。

〈うまい堂〉の扉は固く閉ざされていた。父がくれた鍵で店の扉を開けた。貧弱な鉄製の引き戸だった。闇の中でスイッチを手探りした。電気をつけるとホールの椅子が一瞬のうちに姿を現した。中から地下水のような生臭さが漂ってきた。台所に行って別のスイッチをつけた。天井にぶら下がっている白熱灯が瞬くと電気がついた。そこだけ残してすべて消した。家はひっそりと静まり返っていた。部屋が寒すぎて寂しげな空気が浮遊していた。石油給湯器の電源を入れた。父が帰ってきたときのためにも、床暖房《オンドル》で部屋を温めてから斎場に戻ったほうが良さそうだった。暗闇に立って室内を見回した。テレビの上に置かれたかぼちゃ、農協がくれたカレンダー、済州島《チェジュド》の石像のトルハルバン、ロウソクといった微妙なインテリアの小物まで昔のままだった。床に布団を敷いた。その上にぽつんと座って母を想った。最初はあぐらをかいて座っていたが脚をぐっと伸ばし、しまいには仰向けで寝転がった。布団の上で身じろぎもせずにいると眠気に襲われた。田舎に戻ってからはじめて感じる疲労だった。少しだけこうしていようと目を閉じた。この部屋で母と過ごした日々の風景が頭をよぎった。床は少しずつ温かくなっていった。

私がそれなりに女らしい体つきになると、母はどこへ行くにも連れていこうとした。特にお気に入りだったのは銭湯だ。素っ裸の私の肉体を、つまり、ただの子どもではなく、すっかり大きくなった子どもの豊かな肉体を自慢したがった。そう口にしたことは一度もないけれど、母の表情にその感情を見出した。見て、あたしのガキだよ。毛も生えてるし、おっぱいもあるし、ケツだって大きい！　私は自分と同じように毛も生えていて、ケツも大きいおばさんたちの前で身を縮めた。母と私は銭湯を出ると〈うまい堂〉に帰った。そして茶の間の床暖房の温度を上げて昼寝した。ひとつの枕を一緒に使った。母の体からは季節の名残、陳列台で静かに腐っていく果物の甘くて眠たい匂いがした。世界は静寂に包まれ、体はじっとりしていた。うたた寝していると、必ず隣近所の誰かが遊びにきた。母はむくりと起き上がると、おばさんたちとおやつを食べながらおしゃべりに花を咲かせた。ほとんどが町内で悪い噂になっている話題だった。床に寝転がったまま、聞こえてくる話のすべてに耳を傾けた。口調はぶっきらぼうで、夢うつつに聞くスキャンダルは甘かった。日が暮れて女性陣も帰り、ひとり長い眠りに吸いこまれていると、どこからかまな板の音がかすかに聞こえてきた。明日ソウルへと出発する私のために何かを作り、包んでいる音だった。きれいに処理されたタチウオとイシモチ、冷凍したアサリ、ササゲ豆、インゲン豆、温めて食べやすいように一食分ずつ包んだ豚カルビ、ヒメニラ、ワタを取り除いた煮干し、冷凍した牛足、大根の若菜のキムチ、初物の味噌、ジャコ炒め、海苔……。

起き上がると汗びっしょりだった。時計を見たら午前三時だった。全身が殴られたようにずきずき痛んだ。汗なのか涙なのかわからない液体が顔を濡らしていた。家に戻った瞬間から台所の薄暗い何かが動き出し、私に言い聞かせているようだった。大丈夫。大丈夫だと。痛くても大丈夫。感じても大丈夫だと。大丈夫だから、もう大泣きして、寝てもいいのだと。胸が痛いのではなかった。心臓が、腎臓が、そして腸がひりついた。喉の渇きを覚えた。三日もご飯を食べていないせいだった、靴を履いて台所に向かうと冷蔵庫を開けた。顔面に冷蔵庫の四角い光が明るく降り注いだ。光のあいだで漬け汁の中を透明に浮遊しているクラゲみたいなキュウリ、煮干し、卵と常備菜の容器がいくつか見えた。麦茶を取り出して瓶のまま飲み干した。痺れるほど冷たい液体がごくりごくりと各器官を伝い、下っていく感覚が鮮明に感じられた。茶の間の戸を閉め、下着を入れた紙袋を持った。それからじっと台所を見渡した。母が倒れる前の姿をとどめるかのように散らかっていた。シンクにはカルククスの器が山積みだったし、突っ張り棒の棚にはしなびたタマネギとリンゴがいくつか転がっていた。調理台の上のまな板に視線が釘付けになった。母の包丁の前だった。包丁はまな板の上で斜めに横たわっていた。闇の中で静かにぎらついていた。削りすぎて紙みたいに薄くなったけれど、昔と変わらず辛辣で優雅な光を抱いていた。急に我慢できないほどの食欲がこみ上げてきた。何かをかじりたい欲求。内臓を湿らせたい欲求。突っ張り棒の棚に転がっているリンゴが目に入った。片手にリンゴ、もう片方の手に包丁を握った。柄は手にしっくり収まった。さくっ——青い皮に小さな傷がついた。そこに包丁で切りこみを入れて回しはじめた。さくさく、さくさく、さくさく……。暗い台所の中、皮を剝く音が静かに広がっていった。リンゴは手の中で丸く自転しながら自身の宇宙を披露していた。爽やかな香りがした。口の中に唾がたまった。一度も切らずに剝くことができた。くるくると丸い渦のような皮が靴の上にぽとりと落ちた。大きく息を吐き出した。それから口を開いてリンゴを一口かじった。

さくっ——。

リンゴの欠片が私の中に入ってくるのが感じられた。湿った舌で転がして、その味を吟味した。嚙み、しゃぶり、転がし、思わずごくり。目を閉じてつぶやいた。

「ああ、おいしい!」

携帯電話の振動音が聞こえた。夫が捜しているのだろう。手に持ったリンゴをむしゃむしゃと嚙みながら〈うまい堂〉を後にした。リンゴの欠片は宇宙の彼方へと飛んでいく隕石のように、くるくると回りながら私の中の闇を旅するはずだ。斎場へと歩きながら本当にそんな予感がしていた。

祈り

新林《シルリム》——という地名を聞くと緑色の林が頭に浮かぶ。たくさんの木がある林、そして若い林。木々はどれも地下鉄二号線のラインカラー、薄い緑色をしている。普通の木の葉はもっと濃い色をしているが、どういうわけか新林の木々だけは薄い緑色じゃないといけない気がする。新林、と声に出してみると、遠方の葉がざわざわ揺れながら〈スプリング、生い茂る林《スプルリム》〉と鳴き立てるようだ。新林と発音するとき、私の舌は緑に色づく。旧把撥《クパバル》と口ずさむと、胸のどこかに刺さった赤い旗がはためくように。それは本物の新林、本物の旧把撥とはなんの関係もない。

枕を抱いて漢江《ハンガン》を渡る。ソウル大入口駅までは二度の乗り換えが必要だ。地下鉄の椅子の真ん中に座り、かかとを上げる。枕は大きなビニール袋に入れられている。小さながたつきにも敏感で騒がしくがさつく。その音が途方もなく薄くて、枕をもっときつく抱きしめる。川向こうにビルが林立する都市が見える。透明な肌で全身に日差しを浴びている。綿雲のあいだにちらりと映る、ソウルの午後一時の表情。ソウルの午後一時のきらめき。世界に窓が多すぎるから人間は暗い。

——どこ？

携帯電話の振動音が響く。姉からの問いが着信時間を知らせる数字とともに小さく瞬く。

〈鷹峰《ウンボン》〉と返信を打って付け加える。

——ごめん。ちょっと遅れそう。

息を整える。送信完了を待つ瞬間は不思議な気分になる。数多のアドレスを訪ねていくデジタルフォントの移動が、何をどうやったら可能になるのかピンと来ない。一日に数千万人が、数千万通のショートメッセージをやり取りしているというのに。どうしてこの人の〈ごめん〉と、あの人の〈大丈夫〉がぶつかることなく、完全な形で相手の端末機に滑りこめるのか。一酸化炭素や窒素、排気ガスの量と同じくらいのメッセージが大量に空中を浮遊し、私たちはメッセージに囲まれたまま、メッセージを吸いこみながら生きているのかもしれない。姉からの返信はまだない。

枕は駅前の布団屋で買った。新林で買おうかとも思ったが、はじめての道なのでやめておいた。寒い日に布団屋を探してさまようくらいなら、面倒でも家の近所のバーゲンをしている店で買うほうがマシな気がした。枕はすぐ姉に渡す予定だった。姉には自分の枕が別にあった。荷造りしては解くをくり返す異郷生活をするあいだ、ほかはともかく枕だけは必ず荷物に入れていた姉だった。見た目はただの平凡な綿枕でしかないが、姉はその枕が世界でいちばん楽だと言っていた。音楽を愛する人、絵を好きな人がいるように、自分の枕を心から愛していた。ところが今日、姉はその枕を忘れてきたらしかった。母は心配でそわそわしていた。姉が逃げるように発ったのは自分のせいなので気が咎めているようだった。ぐずぐずする姿が、せっかちな母は気に入らなかったらしい。叔父が早く着きすぎたせいでもあるのだけど。まごまごしている姉にあれこれ小言を言っているうちに、ついには大声をあげてしまったそうだ。車の前で拗ねた顔をして立っている姉に、母はためらいながら十万ウォンを握らせ、ふたりはぎこちなく別れの挨拶をしたという。両方ともどんな顔をしたらいいかわからなくて、思わず険しい表情を見せたのかもしれない。申し訳ないと思うほどに、こんなはずではと思うほどに顔は強張っていったのだろう。後部座席に国家試験の問題集をぎっしりつめこんだ乗用車はぶるんぶるんと町を抜けて。しばらく敷布団の上に座りこんでいた母は、姉の枕を見つけたとのことだった。それは姉の後頭部の形そのままに真ん中がぽっこり凹んでいて、触ってみると少し温もりが残っているような気もしたそうだ。母は朝っぱらから電話でずっと姉をこき下ろしていたが、やがてぶすっとした口調で言った。

「お姉ちゃん、枕置いてった。買ってやんなさい」

携帯電話の振動音が聞こえる。姉かと思って確認すると別の人だった。

——ソ・イニョンさん、確認のご連絡です。今夜七時に回基洞《フェギドン》でお目にかかります。

わかりましたと返信した。今も迷っているけど三回も延期した約束なんだから仕方ない。面倒くさい〈アンケート調査〉なんかをする気になったのは、単純に〈文化商品券〉のためだった。数日前に女性から電話があった。労働部［雇用政策を総括する国家行政機関。日本の厚生労働省に相当］が実施する〈大卒者の就業経路にかんする調査〉だと名乗った。普段オペレーターに接するときと同じように疲れた、そして訝《いぶか》しむような口調で警戒した。女性は親切に趣旨を説明してから、調査員がお宅に伺うこともできる、アンケートに参加してくだされば文化商品券を差し上げますと言った。しばし悩んだ。一度のアンケートで商品券三枚ならどこへでもと思いつつも、こちらから出向きますなんて気軽に言ったら〈ニート〉だと見当をつけられたり、見下されそうで心配だった。お金目的だと思われないように教養のある口調で尋ねた。「いつがいいですか?」女性が訊き返してきた。「いつでしたら、ご都合がよろしいでしょうか?」文化商品券で楽しめる〈文化〉なんて薄っぺらいし、つまらないってことはわかっていたけど、失職者の一日分の自責感と交換できる程度にはなるんじゃないかと思った。

地下鉄は二村《イチョン》で停車する。ラインカラー別に地下鉄の路線を表す線に沿って、人びとが一斉に移動する。まるでロープをつかんで移動する中世の盲人のようだ。私は舎堂《サダン》行きに乗り換える。地下鉄のドアのすき間から熱気がふわりと押し寄せてくる。急いで空席に駆け寄って座ると、体から〈かさっ〉と音がする。すぐに渡して戻る予定なのに、枕の大きさとビニール袋の音が気に障る。隣の人にあたらないように肩をすぼめる。姉はすでに到着して荷物を運びこんでいるそうだ。振動が伝わってくるたびにびくっとする。携帯電話くらい小さくなった姉が、ポケットの中で泣き続けているみたいだ。考試院［必要最低限の設備からなる宿泊施設。本来は受験生が勉強に集中するための施設だった］はかなりの高地にあると聞いていたが、ひとりで大変な思いをしているのではと心配だ。最初、山のふもとの部屋に決めたと聞いたとき、私は何も考えずに答えた。

「お姉ちゃん、山好きだもんね」

姉は呆気に取られていたが、あっはっはと笑いながら私の頭をぽんと叩いた。父が拘置所にいたときも「お父さん、豆好きだもんね［豆腐のように真っ白い心で人生をやり直すという意味から、出所すると豆腐を食べる習慣がある］」と言って、同じく母に頭をはたかれたことがある。

「ほんとに。あそこは雪が降ると、スノボに乗らなきゃいけないんだから」

姉が山好きなのは事実だった。母が毎食のようにさまざまな豆を釜に入れていたのも。よく知る警察のおじさんが飲酒運転の取り締まりで何度も父を見逃してきたのも、すべて事実だった。父は良心の囚人［アムネスティ・インターナショナルが提唱する概念。暴力を用いていないのに信念や信仰などを理由に囚われている人びと］みたいな顔をして、村の拘置所の隅に一時期うずくまっていた。この大したことない前科者が収監中にやったことといったら、反省や生計の心配ではなく、怒りに震えながらの〈ご近所さんで一度も面会に来なかったヤツら〉一覧作成だった。それからの父は酒が入ると「俺は全員覚えてる！」と叫んだものだった。もちろん誰とも喧嘩することなく、ひとりで。父が出所した日、私たちは食卓を前にどうしようもなく照れながら、柔らかい純豆腐《スンドゥブ》を食べた。テレビドラマに牢屋のシーンでも登場しようものなら、家族の誰もが〈あはは〉と笑ってチャンネルを変えた。もう数年前の出来事だ。当時も姉は本の入った鞄を背負い、丘の上にある村の図書館に通っていた。全国に突如として図書館ブームが巻き起こり、少し前に建てられたばかりの建物だった。ど田舎であるが故に、利用者のほとんどが髪にジェルを塗った青少年だった。メモ用紙と飲み物が行き来する仕切り越しのおしゃべりと騒々しさが絶えることはなく、真剣に勉強をしている人は姉、そして国家試験を受ける予定の男性だけだった。男性は閲覧室の隅っこに座って、あらゆる騒音に耐えていた。そして我慢できなくなると「おい！　お前ら、静かにしろ！」と叫んだ。室内は一瞬だけ静かになったが、男性の前かがみになった背中の後ろでは、中学生の非難と無視が絶えなかった。彼が毎日発する唯一の言葉が〈静かにしろ！〉だった。ある日、彼は鞄を背負って丘を下る姉に声をかけた。赤い軽自動車のティコの窓から顔を突き出して。「どこまで行くんですか？」姉は彼が笑う姿をはじめて見たと言った。姉は車に乗らなかった。そしてすぐに村の読書室に勉強の場を移した。雨が降ろうが、雪が舞おうが、生理痛がひどかろうが、具合が悪かろうが始発に乗って読書室に向かい、終電に乗って帰ってきた。咳がひどい風邪をひいていたときに匿名のメモをもらったことがあるのだが〈具合が悪いなら病院に行くか、家で休めばいいのに、なんで読書室に来るのか〉と書かれていたそうだ。送り主は誰だろうと見回すと、周囲にはうつむいた数十個の頭しか見えなかったと。姉は勉強がはかどる環境を探して回った。一昨年は村の読書室、去年は鷺梁津《ノリャンジン》の近くの上道《サンド》洞、そして今年が最後となる新林洞だった。誰も〈最後〉という言葉は口にしなかったけど、全員がそう思っていた。誰よりも姉自身がそうであってほしいと願っていた。

　地方で数学科を卒業した姉と違って、私は数年前からソウルで暮らしていた。姉が上京を決めたのも、近くではないけれど私もいるという事実が大きかった。姉は頻繁に起こる母との言い争いや、近所の視線から自由になりたがっていた。図書館で友だちにばったり会ったときも同じ境遇にある者同士、気まずく居心地が悪かったそうだが、地元から遠く離れた鷺梁津でも何人かの同級生に会ったそうだ。姉は花のような二十代を仕切りの中で過ごすことよりも、知人の明るい知らせよりも、小さな村で毎日のように出くわさなければならない〈視線〉に困辱を感じるようだった。田舎の無責任ながらも執拗《しつよう》な視線だ。あるおっさんは合格発表があるたびに家にやってきて根掘り葉掘り尋ねた。もう結果は聞いて知っているくせに、わざわざやってきては「どうだった?」と尋ね、ひとしきり自分の子の自慢をしてから帰っていったものだった。姉の顔は目上に対する礼儀と困惑、微笑、羞恥心が入り混じり、形を保てない生地みたいに歪んでいた。盆正月も友人の結婚式のときも同じような顔を見たことがある。

　私は末妹と小さなワンルームで暮らしていた。姉が一緒に住もうと言い出せないのはそのためだった。姉は月に二、三度遊びにきた。日時を約束してくるわけではなく、思い立つと鷺梁津から訪ねてきた。深夜に忽然と現れ、どす黒い顔で玄関のドアをノックした。そしてちょうどいい温度に温められた床暖房《オンドル》に倒れこむと、心ゆくまで眠った。まるで家に来た理由はただひとつ〈熟睡〉するためだったと言わんばかりに。こうやって寝られて本当に快適だと言わんばかりに。長いあいだ、身じろぎもせず。姉が来た日は布団を横向きに敷いて寝た。布団の外に私たちの足首と頭がはみ出していた。

数年前、私は化粧品会社に勤めていた。社報やパンフレットを作成し、マスコミにサンプルや招待状なんかを送る仕事だった。誰よりも入社を喜んでいたのは母だった。合格の知らせを聞くや、私を村に引っ張っていくと四十万ウォンのスーツを買ってくれた。村中の洋服屋を見て回り、どの店でも〈うちの娘が就職したんで〉からはじまる事情を一から十まで明かしてから、この話を聞かない者には絶対に金は払えないとでもいうように、豪快に。数百万ウォンの弁護士費用が工面できず、父を拘置所に放置していたときだから、あの当時の我が家にとっては大金だった。私は大きな紙袋を手にソウルへ上京し、翌日はそのスーツを着て出勤した。その翌日は迷いながらも同じスーツを着たが、三日目はさすがに無理だった。母の〈自負〉を羽織るのはうれしかったけど、それが滑稽に映るのが怖くて身をすくめた。数日後、実家に緑茶成分の入ったクレンジングのサンプルを一箱送った。使い切りのシャンプーみたいにパウチ包装されている商品だった。母は村中に自慢して回った。そのサンプルの山が子どもの社会的な地位、あるいは権力のように感じられて気分が良かったようだ。会社が無料でくれたものだったが、私たちにとってはリアルな証拠と実感として迫ってきたのだった。一年後、私は退職した。就活期間が長すぎて、何か形で示さなくてはと追われるように選択した職場だった。〈皆うまくいっている〉という噂は、さらに私の身をすくませた。本当に皆うまくいっているような気がして、そして皆が健康な顔でこちらの顔色を観察しているような気がして不安だった。そんなときに愚痴のつもりで記者に話した情報がいきなり記事にされ、半ば自発的に、そして半ば強制的に辞表を出した。訴訟の話が行き交っていた時期は、どれほど恐怖に震えたことか。退社して三年が過ぎたが、母は今もあのときのクレンジングを使っている。毎晩バスルームでサンプルをハサミで切るたびに胸が痛むそうだ。私が「古い化粧品は使えない」と捨てるように言うと「姉妹の中でお前がいちばん勉強もできたのに」と言葉を濁す。会話はくり返され、希望も同じようにくり返された。私たちはもう何年も〈今年はうまくいくはず〉という話を、はじめての話題のように口にしている。私が公社の試験に落ちたときも、姉が公務員試験に失敗したときもそうだった。楽観の根拠をくまなく探し出した。今年は選挙があるから採用も増えるんじゃないか、今年は国家功労者の家族への加算点が減るから我々に有利なんじゃないか、今年は予備校に通ったから昨年より良いんじゃないか、今年だろうが来年だろうがこれだけやったんだからそろそろ受かるべきなんじゃないか。会社を辞めてからも多少の金銭的な余裕があった。暇を見つけては翻訳のアルバイトや家庭教師をして貯めたお金だった。似たような環境の友だちと〈韓国の私教育が崩壊したら、うちら終わりだね〉と冗談を言ったことがある。

地下鉄の車内放送が聞こえる。舎堂で二号線に乗り換える。ソウル大入口駅までは二駅、五分後には到着できる。〈新林〉とつぶやいてみる。揺らめく緑色の葉のすき間でひとつの風景がちらついている。

ずっと前に姉と知らない街を歩いたことがある。姉が教員資格認定試験から教育行政職へと進路を変更した年のことだ。姉はわざわざソウルまで来たんだから古本屋に寄ってみようと言った。教材費だけで何万ウォンもかかるんだから、どうせなら安く買ったほうがいいじゃないかと。姉はインターネットで探しまくって地図まで印刷してきた。ソウル駅や清渓川《チョンゲチョン》にも古本屋はあるけど、高速ターミナルに近い新林や舎堂のほうを回ってみることにした。大学の周辺にある本屋なら、他所より良いのではという思いからだった。私たちはしかめ面で地図を確かめながら古本屋を回った。こっちの本屋で首をかしげ、あっちの本屋に移動し、売り切れたのかなと、また別の本屋に向かった。でも数時間もしないうちに、不意に、そして恥ずかしながら、天下のソウル大学周辺の古本屋では九級公務員の本なんて売らないのだと気づいた。国家試験の問題集だと司法試験や外交官試験をはじめ、五級や七級公務員の本が多かったが、九級にかんする教材はほとんど見当たらなかった［五級は日本のⅠ種、七級はⅡ種、九級はⅢ種に相当］。不覚と手ぶらをどうしたらいいのかわからず、急いで両手をポケットに入れたまま店を抜け出した。そしてどこにいくべきかと歩道に立ち尽くした。焼けつく日差しの下、冷や汗をかき、もたもたしている姉の顔はひどく不細工に見えた。三歳上の姉はいつだって三倍は洗練されていて世情にも明るかったのに。学生時代、姉の持ち物はいつだって私のより素敵に見えたのに。惨めなソウル進出なんて姉らしくないと思った。姉は決まり悪そうな顔でご飯を食べようと言った。補償心理［弱点や劣等感などを別のものでカバーしようとするアドラー心理学の考え］からイタリアンレストランに入ってパスタを頼んだ。ひとしきり揉めた末に、支払いは姉がデビットカードで済ませた。そして食事代に交通費、もともと節約するつもりだった教材費よりも高い金額を払った挙句に田舎へと戻っていったのだった。

——どこ？

着いたと返信する。姉が教えてくれたとおりに駅前の停留所から五五一五番のバスに乗る。車内はがらがらだ。乗客のほとんどが若者だが、なんとなく全員がソウル大生のように思えてくる。尊敬なんてするべきじゃないのに尊敬の念がこみ上げてくる。窓の外に見える新林は思っていたほど緑色をしていない。二号線のラインカラーのような薄緑色のはずだった木々は、どれも寒々しくはげている。銀行の前に立って周囲を見回す。街はいくつかの地方都市をつぎはぎしたような姿だ。古くて一貫性がなく、雑誌のように散漫だ。そしてなぜか時間が澱《よど》んでいる気がする。新林だけでなく、ソウルのほとんどの街がそうだったと思い出す。あれこれ切り抜き、やみくもに貼りつけた感じ。男が〈セクシーバー〉の一万ウォン割引クーポンを配っている。全体的に男が多い。二十代後半から三十代半ばの男たちだ。ぼんやりと彼らの生活、食事、家族、セックスについて考える。姉から小耳に挟んだ話も一役買っているが、この都市はひとつの巨大な風聞だと思った。姉が走ってくるのが見える。腰回りについたぜい肉が目につく。

「お姉ちゃん!」

姉の表情は明るい。私は遅くなってごめんと言う。姉は大丈夫だと答える。実際は何がごめんで何が大丈夫なのか、ふたりともわかっていないくせに、会うといつもこんな会話になる。姉は私を見るなり言う。

「その服、可愛いね」

私は辛子色のチョッキを触りながら弁明する。

「うん。ネットで安かったから買ったんだ。一万ウォンもしなかった」

そして出し抜けに包みを突き出す。

「そうだ、お姉ちゃん、枕置いてったってよ。お母さんに買ってあげなさいって言われた」

姉の顔が曇る。

「そうなの?」

枕を置いてきたことと母と言い争いをしたこと、どちらのほうが心を乱しているのかはわからない。私たちは当然のように焼肉屋に入る。知っているところがないので目の前の店にする。看板に〈ソウル大学の研究チームが認証したカワラヨモギを餌に育った豚〉と大きく書かれている。ソウル大学と豚は一見なんの関係もなさそうだけど、なんだかアカデミックな食堂に来た気分だ。姉は牛肉が好きだったと思い出し、しゃぶしゃぶを注文する。

「鷺梁津とは雰囲気が違うね?」

「でしょ?」

「うん。年齢層が違うからか、落ち着いた感じがする」

姉が言い足す。

「鷺梁津には信徒に無料の朝食を毎日提供する教会があるんだけど、そこに食べにいく受験生もいっぱいいいた」

店主とおぼしき男性がテーブルに皿を並べる。私は丸く巻かれている肉を見て首をかしげる。色が薄すぎる。

「あの、これって牛肉じゃないんですか?」

店主はしゃぶしゃぶ用の鍋に野菜を入れながら、にこりと笑う。

「はい、豚肉です。すごくおいしいですよ」

豚肉をしゃぶしゃぶで食べたことがなくて慌てる。豚肉はさっと茹でるだけでは駄目なんじゃなかったっけ? 姉に「豚肉でごめんね」と声をかける。店主が横目でにらむ。姉は関係ないと言うようにおしぼりで手を拭く。

「ここでは酔っぱらってトラブルになっても、めったに捕まらないらしいよ。みんな警察よりも法律に詳しいから、取り調べのとき困ったことになるんだって」

私は「ほんとに?」と笑い、肉と野菜をすくってあげる。考えてみると、この街でいちばん多く目にした文字が〈法〉だった気がする。予備校にも、考試院にも、ネットカフェや食堂の看板にも〈法〉の字が乱立していた。

「部屋はどう?」

姉は湯がいたセリの葉に豚肉を巻きながら答える。

「うん。さっき大家のおばさんが気の抜けたコーラを持ってきてくれた。物件を見て回ったときにも感じたんだけど、部屋が良くないとこほど大家が親切だなって」

見て回ったときとは半月前の話だった。姉は末妹とこの一帯を歩いた。その日もネットから印刷した地図と資料を手にしてだった。考試村は道路を基準にして九洞と二洞にわかれている。九洞は予備校や古い考試院が、二洞には短期滞在型の高級ワンルームが多い。九洞の中には新たに建てられた短期滞在型のワンルームもかなりあって、価格帯もさまざまだ。姉は女性専用の考試院を契約した。月に十四万ウォンで、共同のバスルームとパソコンルームが使える部屋だった。最近はインターネットが使えない考試院はめったにないそうだ。

食事を終え、これでもかと砂糖が入ったインスタントコーヒーを飲む。私は入口に向かい、クレジットカードの明細書に急いでサインする。クレジットカードの良くない点は、現金払いのときよりも後ろにいる人を長く待たせることじゃないかと思いながら。

道は想像していたほど険しくなかった。山っていうから本物の山だと思っていたのに、考試院とスーパーだらけの平凡な住宅街だった。今も至るところでワンルームを建設している。姉が息を切らせて言う。

「以前は、このあたりも寂れてたんだけど、ここ数年は通貨危機が終わって活気を取り戻した感じなんだって」

通貨危機のせいではないにしても、ちょっと前まで今世紀は〈工事中〉だったんじゃないかって気がする。

「あそこ、垣根のところのスーパーを過ぎると、新林洞は見尽くしたって言葉があるんだ。通行止めだって。頂上に近いからなんだけどね。私の部屋もあそこの近く」

「てことは、お姉ちゃんも行くところまで行ったってこと?」

姉が私の頭をはたく。私はへらへらしながら追う。姉はやたらと教えてくれようとする。聞き慣れない話に、私がおそらく興味を持っていると思ったからだろう。姉は小さい頃から何かをくれるのが好きだった。必要だと思えば買ってくれ、買えないときは自分のマニキュアやら化粧品なんかをくれた。最近も私の部屋にやってくると、ありとあらゆる小言を言いながら冷蔵庫の掃除をしてくれ、ずっと放置していたシンク台の扉もつけてくれた。そして今はあげるものがないと気づくや、〈話〉をしてくれようとしているのだ。

「司法試験の一次試験の日になると、この前に観光バスが数十台も停まって一斉に出発するんだけど、その光景が圧巻なんだって」

姉はこうも言った。

「部屋を見て回った日にさ。ある考試院の部屋のドアを開けたら人はいなくて、真ん中にハンガーだけが寂しそうにぶら下がってるの。ブリーフが一枚干されてるのが見えたんだけど、ゴムのところに〈THE BRAVE MAN〉って書いてあって［一九九〇年代半ばから二〇〇五年頃まで軍隊で支給されていたカーキ色の下着］。むちゃくちゃきまり悪かった」

姉は休む間もなく話を続ける。私は黙って聞いていたが山の中腹で立ち止まる。

「お姉ちゃん」

姉が赤くなった顔でふり返る。息が荒そうだ。私は〈そんなにたくさんくれなくてもいいよ〉と言おうとして、別の言葉を口にする。

「それ、こっちにちょうだい」

姉がこちらをじっと見つめる。目が小さくて澄んでいる。

「えっ？」

私は枕の袋を奪い取る。

「私が持つから」

袋は手渡される瞬間に〈かさかさ〉鳴る。その音が途方もなく薄くて、袋をきつく握りしめる。


四階建ての住宅にたどり着く。ぱっと見ただけでも改造したとわかる奇妙な形の建物だ。新林洞の考試院は、こんなふうに一般家屋をばらばらにし、修理し、くっつけ、増築したものがほとんどだ。室内は当然壁の中に隠れていなきゃいけないはずの電線がむき出しで、なんだか獣の器官を思わせる。すでに玄関からして敵意にも似た静寂のエネルギーを力強く放っている。玄関は建物の年齢に比べ、不思議なほど現代的なガラス戸だ。姉が暗証番号を押す。私も続いて入る。下駄箱の踏み台の下、虫歯を患う人のように赤いリボンを縛りつけた、アディダスのデザインをパクった三本線のサンダルが一足見える。お洒落のつもりかとよく見てみると、剝がれた底を固定させるためだった。建物の前には小さな花壇がある。姉が教えてくれなかったら花壇だとは気づけなかった、猫の額ほどの空間だ。

「私ね、これにひと目惚れしたの」

人工芝の上にプラスチックの小さなスミレの花がちょこちょこと伸びている。私は「ほんとに女性のために作られた考試院なんだね」と相槌を打つ。姉がささやく。

「考試村を回ってみるとわかるけど、こういう空間って特別だし、大切に思えてくるんだ」

一階の廊下を通り抜けて階段を上ると、掲示板に貼られた付箋が見える。

——通行時はかかとを上げて歩きましょう。大家
そしてもう一枚。

——私の財布を持ってった方、死んでください。

姉の部屋は三階の廊下の突き当たりだ。数十個の完全に同じドアが残酷な童話のように広がっている。そういうものだとわかってはいるが、実際に目の当たりにすると息が苦しくなる。ある部屋のドアノブは白いポジャギで覆われている。ピンク色の刺繍がほどこされた手芸品だ。ふと、この部屋の住人はどこにいても、自分の心に小さな花壇を残したまま生きる人なのかもという気がする。姉がドアを開ける。部屋の構造がひと目でわかる。二坪ちょっとの空間に窓、机と椅子が見える。それで全部だ。片隅には姉が持ってきた生活用品があれやこれやと積まれている。いちばん多いのは本で、残りは洗剤、トイレットペーパー、布団、室内履き、傘などだ。生活拠点をしょっちゅう変えているあいだに、荷物をできるだけ減らす術も身につけたのだろうが、持ち物、あるいは持てるものがどんどん少なくなっていったせいだろう。私は隅っこに体育座りをする。姉も同じ姿勢でしゃがみ込む。床が冷たい。すき間風を防ぐためにドアのすき間に貼った布テープが見える。壁の高い位置に木の突っ張り棒の棚と色褪せたインターフォンも見える。値段のわりに部屋もきれいだし、いい感じだとささやく。姉は自分の姿勢と同じくらい、ひときわ低い声で答える。「でしょ?」机の下にコンセントの差し

こみ口がふたつある。壁をやみくもに切り取ったせいでにゅっと突き出している発泡スチロールが醜い。姉がひそひそと言う。

「誰かが陰でこっそり見張ってるような気がする」

姉は生活しながら、あれとしょっちゅう目を合わせることになるのだろう。

「それでも明るい部屋でよかった」

窓の向こう、網戸のすき間からマンションと黄色い貯水タンクが見える。姉は生活しながら、あれともしょっちゅう目を合わせることになるのだろう。会話が途切れる。狭い部屋にふたりでしゃがみ込んでいても特にすることもないし、気まずいばかりだ。

「出ようか？」

ドアを閉めようとして机の上に置かれた段ボール箱に気づく。見慣れた文字が目に入る。礼山《イエサン》リンゴ。故郷の地名だ。

別れる直前、姉と考試村のてっぺんまで行ってみることにする。カフェに行くのもなんだし時間も余っていた。登るにつれて建物の身長が徐々に低くなっていく。果たしてあれが考試院なのかと思うような洋館の建物もある。とある家の屋上には出身学生の出世を知らせる横断幕が掲げられている。

「最近は九級でも横断幕を上げるの？」

姉は「もちろん」とうなずく。てっぺんに近づくほどに奇異な静けさが体を大きくしながら追いかけてくる。人影はほとんどない。

「着いた」

大きく息をつく。眼下にソウルがある。遠くに見えるソウルはいつもよりもどこか貧しく見える。あるいは貧しいから遠くに見えるのかもしれない。幾層にも沈む考試院と冬の木々が見下ろせる。動画の静止画面のようにぼやけた寂しげな風景だ。山裾に下半身が隠れている63ビルディングが見える。散歩に出てきた受験生がこちらをじろりと見る。ふと不思議な気分になる。

「首都がこんなんでいいのかな?」

首都だからそうとも言える。灰色の木々は微動だにしない。新林洞の受験生人口は二万人ほどになるそうだ。ここを通過していった人は、皆一様に息を殺して生活していたんだろうな。二万人の沈黙、二万人のかかと、二万人の不眠はいまいち頭にうまく描けない。それがある空間で同時に起こっているという現実が。そして何十年にわたってくり返されてきたという事実が。私たちが登った山が冠岳山《クァナク》なのかはわからない。どこからが新林で、どこまでが九洞、あるいは十二洞なのかわからないのと同じだ。漠然と新林にある山だから冠岳山なのだろうと思う。目を細めて洋館の考試院の屋上をじっと見つめる。風にたなびく数枚の洗濯物。逆さまに立てかけられた赤いたらい。錆びついたバーベルと貯水タンク。屋上を行ったり来たりしている物体がちらりと見える。

「お姉ちゃん、あれ何？」

姉も真似をして目を細める。屋根の上で黒い物体が規則的に上下している。

「うわあ、ウサギ跳びしてるよ、あの人。あれも根気強くて真面目じゃないとできないよね」

よく見ると、本当に体操服姿の男性がウサギ跳びをしている。その姿は非常にかわいらしく、同時に苦労しているように見える。晩冬の風は冷たく乾燥している。屋上でヒマワリのような黄色い枕カバーが数枚、日差しを浴びてからからに乾いていくようすが見える。


山を下る。登ってきた道を戻ってスーパーの前を通り、考試院を経て、幾多の窓とドア、幾多の静寂を通り過ぎてバス停に到着する。姉に尋ねる。ビタミン剤いる？　飴買ってあげようか？　パン食べる？　クッション買ってあげるから抱いて寝る？　私は〈思いやり〉の席に割りこむようにして駆け寄り、どさっと座りこむ。姉は大丈夫と答える。

「お姉ちゃん、帰るね。もっといられたらいいんだけど、夕方に約束があって」

別れの挨拶を早く済ませすぎたせいで、気まずい他人同士みたいにバスが押し寄せてくる道路へ首を突き出す。ためらいながら五万ウォンをそっと渡す。ぎょっとした姉はいやいやと手を振り、私は受け取ってと言い張りながらおどける。今日がはじめてというわけでもないのに、いつもこんな感じだ。それはお互いの気恥ずかしさを紛らわす最低限の演技、完全に騙されてあげるためだけに考案された礼儀作法のようだ。姉が暮らす場所の前に敷かれた人工芝のような、一種の大切な偽物。しばらくして五五一五番が目の前に停まる。バスに乗ろうとした私はふり向いて言う。

「元気で」

姉が手を振る。窓の外に小さくなっていく姉の姿が見える。私より背が低い姉。煤煙に抱かれた姉。遠ざかる新林。新林の枯れ木、建物、看板、不眠、青春、冬が私の背後に存在する。今まで知らなかったけど、ずっとそうだったのだろう。

ふたたび地下鉄に乗って漢江を渡る。寒さのせいでどっと疲れが出る。ふくらはぎの裏からヒーターの熱気が伝わってくる。あっという間に眠りに落ちる。誰かの肩にもたれかかってびくっと目覚め、またもたれる。携帯電話が鳴る。くぐもった声で答える。

「もしもし」

「今日お目にかかることになっている労働部の調査員です。回基洞のどのあたりにお住まいですか?」

意外にも中年男性だ。疲労と不安に包まれて〈キャンセルしようか?〉とためらう。

「どちらからいらっしゃいますか?」

彼は高麗《コリョ》大学の前だと言う。自宅の近所まで簡単に来られる方法を教え、コンビニエンスストアの前で会おうと提案する。自分はスポーツ刈りで紙袋を持っていると彼が言う。

周囲はいつの間にか闇に包まれ、行き交う自動車のライトは飢えでぎらぎらしている。バス停から男性が紙袋を手にやってくるのが見える。質素で平凡な服装だが、靴をきちんと履いているのも目を引く。彼が手を振ってうれしそうに挨拶をする。父と同年代だと気づいて当惑する。ぎこちなく丁寧に目礼する。彼が訊く。

「ソ・イニョンさんでしょうか?」

彼の持ち物は紙袋ひとつだけだ。労働部から来たとは言うものの、正式な職員ではないようだ。五十代にありがちな堅苦しさを漂わせてはいるけれど、人生ずっと〈申し訳ない〉ばかり言いながら生きてきたような印象だ。彼が赤くなった片耳を触りながら尋ねる。

「どこに行きましょうか?」

しばし悩む。〈どこに行くべきだろう? 家に入れるのは、ちょっとあれだよね? カフェに入る? そしたらお茶代は誰が出す? この人の活動費に、そういうのも含まれてるのかな? 一日に会う人数だって半端ないだろうに。どこに行こうか?〉

「歩いて十分くらいのところに図書館があるので、そこにしましょうか?」

彼は「そうしましょうか?」と訊き返してから素早く周囲を見渡す。

「いや、あそこにしましょう」

彼は三叉路の真ん中に建つ大きな教会を指差す。そうしましょうと言ってついていく。何年も前を通っているのに、一度も入ってみようと思わなかった場所だ。教会はゴシック様式だった。どことなく重苦しく、憂鬱な印象の建物だ。黒くコーティングされたガラス戸の前でためらう。彼はこういうシチュエーションには慣れていると言わんばかりに、自然にガラス戸を開ける。信徒でもないのに、誰かに訊かれたらなんて答えようか心配だ。ロビーの中は不安になるくらい薄暗い。幸いなことに平日なので、教会の中に人の姿はほとんど見えない。彼は礼拝堂の入口の前にある椅子に座る。硬くて長い木の椅子だ。私は間隔を空けて座る。椅子の横に小さなクリスマスツリーが置かれている。彼が紙袋からアンケート用紙を取り出す。私は説明を聞こうと少し近づく。彼は私の名前と性別、居住地、卒業年度、学科名などの個人情報を記録する。私はこの仕事のために一定の教育を受けたのだろうなと推測する。質問はかなり細かくわかれている。専攻は職業の選択に役立ったか。就活のためにどんな勉強をしたのか。資格はあるか。就活のために語学研修に行ったことはあるか。持っているのはワードプロセッサ技能認定の資格がすべてだ。ずっと前に試験会場で途方に暮れながら問題を解いていると、ひとりの小学生が外に出ながら大声で叫んだのを思い出す。

「いやあ、クソみたいに簡単だな」

彼は私の答えに従って番号をチェックしながらアンケートを作成していく。

「ここでイエスなら下の番号に、ノーでしたら三番に行きます」

私は首をかしげて訊く。

「あの、私はこの先どうなるんですか？」

彼は対象者には同じ調査が五年間行われると答える。私は大卒者らしく、そうなると私の個人情報は五年にわたって国に管理されるのかと続けて尋ねる。彼は黙って笑い、必ずしもそうではない、嫌だと思ったら来年に意思を告げればいいと答える。

「在学中から今まで経験した仕事をすべて書き出してくださいますか？」

私はボールペンを握り、彼のほうに近づく。翻訳のアルバイト、カフェのホール、化粧品会社の広報、雑誌の校閲、論述の添削、英語の家庭教師……。彼はそれぞれの仕事の一週間あたりの勤務回数、時給、社会保険の有無を尋ねる。私たちは同じ番号を指しながらページをめくる。対象者に委ねるよりも、一緒にやったほうが速いとわかっているようだ。軽い冗談とぎこちないジェスチャーがやり取りされるうちに、はるかに和やかな雰囲気になっていく。

「では、現在のお仕事は？」

私は少し恥ずかしそうに答える。

「家庭教師をしています」

彼が尋ねる。

「報酬はどのくらいですか？」

私は一ヵ月の給料を時給に換算してみる。

「三時間で十五万ウォンです」

彼がものすごくびっくりする。私はおどおどする。

「あの、そこはお金持ちなので、ほかよりもたくさんもらってるんです」

彼は「はあ」とうなずき、私に敬意を示す。

「広報もされたんですね。そういう仕事って勉強ができる人しかできないですよね？」

私はそんなことはないと弁明する。こんなふうに尊重されると、なんだか不安になる。月に二百万ウォンもらえる職場を辞めたことを彼は訝しんでいる。

「良さそうな職場ですが、どうして退職されたのですか？」

〈就業経路〉が明らかになればなるほど、私はたじたじとなる。どうしてかはわからない。自分は彼より優れていると思っているからなのか、彼が私のことを自分より優れていると思っているからなのか。こちらが相手をリラックスさせなくてはという昔からの気配りとでも言おうか、そんな習慣に追われている気分だ。年下の私のことを、万が一にも彼が無礼だと感じていたらどうしようと焦る。アンケートに集中する彼を黙って眺める。じゃあ、おじさんはこのリサーチ一件でいくらもらうんだろう。友だちがアンケート調査のアルバイトをしたときは、一部につき五千ウォンって言ってたっけ。真冬に大卒者と会うために一日中歩き回って、いくら稼ぐんだろう。労働部って言ってたけど、このおじさんも明らかに〈バイト〉なんだろうな。なんだか不憫《ふびん》になったが、そんな自分の視線が生意気に思えて恥ずかしくなる。彼が最後に質問する。

「今後は何をされるつもりですか？」

少し迷って大学院に進む予定だと答える。決定ではないのだけど、無計画な人間には見られたくなかった。実際に〈ダメだったら大学院にでも行くか〉という思いもあった。学位って数千万ウォンする資格証みたいなものだから、取っておいて損はないだろうと。幸いなことに、彼はそれ以上質問してこない。書類を差し出すと署名してくださいと言う。薄暗い教会のロビーでは季節外れのクリスマスツリーがのろのろと点滅していて、一緒に長椅子に座って頭を寄せ合っている私たちの姿は、まるで祈っているようだ。うつむいた彼の顔はクリスマスツリーの電球の点滅に合わせてゆっくりと明るくなっていき、暗くなっていき、また明るくなっていく。光の強さと顔の陰影によって、彼の表情は水に浮かべた絵の具のように凝固と融解をくり返し、複雑な印象を作り出す。彼が封筒を取り出す。五千ウォンの文化商品券が三枚だ。礼を言ってコートのポケットに封筒を突っこむ。教会のドアが開いた瞬間、冷たい風が吹きこんでくる。彼が訊く。

「回基駅まで行くには、どうしたらいいですか？」

私は「ここから真っすぐ進んで横断歩道を渡り、もう五分ほど歩くと見えてきます」と答える。彼はありがとうと言って背を向ける。いつの間にか街は真っ暗になっていた。空腹に襲われる。家に帰って何か食べなきゃ。彼と反対方向を向く。そして、ふと立ち止まって声をかける。

「あの」

彼は歩みを止めない。もう少し大きな声で呼んでみる。

「すみません」

彼がふり向く。目が小さくて澄んでいる。私は迷いながらも尋ねる。

「次はどちらに行くんですか?」

彼が答える。

「成均館《ソンギュングァン》大学です」

私は考えを巡らせ、こう伝える。

「だったら回基駅じゃなくて、このバス停から二七三番に乗ってください。地下鉄の駅はここからだと遠いし、二七三番なら成均館大学の目の前に停まります」

彼の顔がぱっと明るくなる。

「そのバス停ですか?」

「はい。三十分以内に着くと思います」

彼はありがとうと言って方向を変える。私もさっきの道をふたたび歩き出す。そして立ち止まる。二七三番は成均館大学のある恵化洞《ヘファ》まで行くには行くが、大学の目の前には停まらないと気づく。ふり返ると彼はけっこう遠くまで行っている。恵化駅から成均館大学まではかなりの距離なのに。はじめての人はたどり着けないかもしれないのに。もしかして私の善意が彼を迷わせることになるのではないかと心配だ。携帯電話を手にする。そして彼にメッセージを送るかやめるか、送るかやめるか悩んだ末に送らないことにする。

四角い場所

たった一度、母の手を握って上った村がある。そこは幾重にも連なる屋根と路地によって、内部に深いしわが刻まれている場所だった。ちょうど近くで親戚の結婚式があり、母は新婚時代に私を育てた家に寄って、大家のおばさんに挨拶がしたいと言った。私が九歳のときだから、今から十年ちょっと前だろう。田舎育ちの私が、バスに乗りこみ、地下鉄とタクシーを乗り継いで到着したところ、急斜面の貧民街《タルトンネ》の風景をはじめて眺めたとき――それは丘や村ではなく、ひとつの〈堆積〉のように思えた。タクシーが入れない村の入口から階段が終わる地点までは歩いて上らなくてはならなかった。階段の向こう、スモッグを突き抜けてそびえ立つ村の頂点が見えた。いちばん高いところにある家のひとつが私の生まれた場所だそうだ。

はるか彼方、年老いたお日さまがまたひとつ齢を重ねるためにくたばっているあいだ、急斜面の貧民街の上には影が落ちていた。地球のどこかで闇が体を膨らませていくスピードとともに、地面の冷えていく音が聞こえてきた。私はこの世でいちばん健康な三十代の田舎の女、母についていて階段を上りはじめた。村は肺活量を増やすための肺胞みたいにシワが刻まれていた。たくさんの路地と階段が曲がり、もつれ、ふたたび開けると今度は行き先のわからない道へと続き、ひとつの道になって狭まったかと思うと、爆竹みたいに無数の道の束を噴き出した。母は十年前に上った道を何ひとつ忘れていなかったのか、右に進んだり、左に進んだりした。上って下りて、現れては消えることをくり返し、迷路のような道をたどっていった。母のあとを追って右に進んだり、左に進んだりした。上って下りて、現れては消えることをくり返していたら血の気が引いてきた。

道が分岐するたびに異なる濃度を見せる路地の中で——何層もの時間が流れるあいだ、母は夕方の光が持つ、その多彩な濃淡の中を素早く出入りしながら話しかけてきた。その声が聞こえるくらいの距離を保つために、せかせかと歩かなくてはならなかった。ほとんどが私の幼い頃についての話だった。何を食べ、どこで怪我をして、親をどんなふうに笑わせ、いかにたくさんのものを破壊したか。間借りしていた家のおばさんがどんなに良くしてくれたかも説明した。返せないとしても忘れてはならない物事があるのだと。母は膝に力を込めて階段を上った。そしてもうすぐたどり着く部屋について教えてくれた。私を産んで育てた部屋だった。そこで私はたくさん眠ったそうだ。

ある日の午後、オムツを替えてもらってにっこりしていた私はすぐに深い眠りに落ちた。母は市場に行く用意をした。私をおんぶして階段を上り下りするのはきつかったからだ。部屋を出る前に、枕元にとうもろこしで作ったスナック菓子の袋を置いた。横にはストローを挿したヤクルトも忘れなかった。母はドアを閉めると、何度もふり返りながら市場へ向かった。そして買い物のあいだずっと焦燥感に駆られていた。事故が起きたりしていないだろうか、ドアを叩いて泣いたりしていないだろうか、あらゆる可能性を考えたと。母は両手に惣菜の入った包みを抱え、熱帯の果実がわんさか描かれたフルスカートをはためかせて階段を駆け上がった。ジャガイモが落っこちても、挨拶に上の空で答えたせいで近所の女ががっかりしても走りに走った。息が苦しくて張り裂けそうな胸を抱え、あたふたとドアノブをつかんだとき――部屋の中では今まさに眠りから覚めたばかりの子どもが何事もなかったかのように、この世でいちばん小生意気な表情を浮かべてスナック菓子を食べていたそうだ。

もうすぐ到着する部屋、かさっという音、まだ物言えぬ子が寝ぼけまなこで菓子の袋を破る音が、その瞬間にぱんと聞こえてきた気がして、私はぎくりとした。ぱんというやかましくて軽くておいしい音。

もちろん後にはもうひとり子どもが生まれ、それからは先に目覚めた子がヤクルトを全部飲んでしまい、スナック菓子を砕いて遊ぶせいで、あとから起きたほうはひとり大泣きしていたそうだが……。母が路地の中に消えた。私は次の話を聞こうと追いかけた。お日さまはゆっくりと傾き、階段は果てしなく思えた。

山の中腹まで来たところでひと休みした。母はツーピースを着ていたが、そんなことはお構いなしに脚を広げて座ると汗を拭いた。私はつま先立ちになって村を見下ろしてみた。遠くに手をつないで一列に並ぶ電信柱と煤煙の中に沈む都市の輪郭が見えた。ふたりとも階段に腰掛け、しばらく黙っていた。どこからか風が吹いてきた。広東語の歌のように、かすかで抒情的な風だった。母のフレアスカートが白粉の匂いとともにはためいた。スカートのすき間から膝下ストッキングを留めるベージュの口ゴムが無造作に顔をのぞかせていた。私は隣に黙って座り、母の肩に小さな頭をもたれさせた。一九八〇年代末の人間は一九八〇年代らしい風景の中を忙しく行き交い、その日もおそらく地中では数十台の地下鉄がウミヘビのごとく体をくねらせながら、しなやかに遊泳していたはずだ。今でもそのしんとした休止の中に座って、母と黙って当たっていた風を思い出すと――不思議だけど、少し胸が痛む。

ようやくてっぺんにたどり着いた。母はオレンジジュースの箱を手に、緑色の門の前に立った。どんな家とも形容しがたい、そこに建つほとんどの家屋と同じような建物だった。母が頭を突っこむと、平べったい顔をしたおばさんが走り出てきた。母は新婦みたいに丁寧なお辞儀をした。おばさんは明るく笑って歓迎してくれたと思うんだけど……。

覚えているのはそこまでだ。玄関のドアから飛び出してきたおばさんの笑顔。そこまで。私が生まれた部屋については、これといった記憶がない。そこまで訪ねていって見なかったはずはないのに、そこから先の出来事が頭に浮かんでこない。ドアを開けた瞬間に三、四年の時間がこぼれ落ちでもしたかのように。今も消えずに残っているのはたどり着くまで苦労して上った道、延々と続く、複雑に曲がりくねった怪しげな道の束だけだ。脇を通り過ぎていった風、路地の中に重なっていた何層もの光と闇、そういうものだけが。

ずっとその場所に行った事実を忘れて生きていた。そんなある日、あれほど大変な思いをして訪ねたところが、見にいこうと頑張ったものが、たかがちっぽけな部屋、暗い〈空き部屋〉だったことを思い出した。てっぺんに浮かんでいる空っぽの空間。四角い空《うつ》ろを探して、あんなに長くてくねくねした道をさまよい歩いたんだな。あの〈四角い不在〉は今も島のように浮かんでいるのではと何度も考えてみる。あるいは頭上で私のあとを追いかけながらカーボン紙のようにゆらゆら揺れているのではと。間借りしていた部屋でそのときが来ると破裂していた、ぱんという音、そのびっくりするくらいおいしい音も、あそこで今もひとり生きているのでは。そう考えてみると、ぱんという言葉は、ぽん［擬音語のほかに嘘という意味がある］という言葉に似ていると思えてくる。気持ちのいい音の中には必ず風が含まれている。風という漢字のすらりとした尻尾の内側にぶら下がった母の言葉が、単語の種が、路地みたいな私の血管を巡り、ある瞬間にぽこっと発芽する音のように。私のつぶやきが世界をさすらい、あなたの中に入って、また別の言葉を芽生えさせる音のように。だからもしかすると私は――消えた言葉と消えた記憶、最後までわからないままだったり、そもそも存在しなかった場面、それなのにずっと前から知っている気がする風景と一緒に、失踪したもののあいだから吹いてくる涼やかな風を食べて育ったのではないだろうか。

＊

皆がそこを通り過ぎるたびに、その人の名前を呼んだ。その人は大学前の大通りにある古びた建物に住んでいた。通学路の前にぐらぐらとしながら立っているその建物は、一日に何度か数千人の視線を浴びるせいで老い、疲弊していった。そこの三階、てっぺんに彼は住んでいるそうだ。飲食店と質屋が入るレンガ造りだった。一階には昔からの鶏の丸焼き屋があった。夜になると周囲に鶏の丸焼きのたまらない匂いが漂った。深夜に階段を上がるたび、彼はひどい空腹を覚えたという。

その人は部屋の燈《あかり》をつけっぱなしにしていた。暗い部屋に帰りたくないからだとか、使用量に関係なく毎月決まった金額を払うからだという噂があった。その家の窓は夏だろうが冬だろうが、昼だろうが夜だろうが明るく照らされていた。窓のあいだからうっすらと漏れる燈は、太陽が昇って傾く速度によって暗くなり、また明るくなり、地球の運動に合わせて刻一刻と変化していった。もちろん燈は彼の不在や存在について、何も教えてはくれなかった。それでも皆はその前を通る必要があったし、そのたびに窓を見上げたし、するとなんとなく彼がそこにいるような気になった。皆はやたらと彼の名前を呼んだ。彼もたまに窓の外に向かって手を振り、呼びかけに応じていた。私は知り合う前からその人の名前を知っていた。そこを通るたびに、あんなふうに皆が〈見る〉場所に住むのって、影ひとつないグラウンドで日差しを浴びているのと同じ気分じゃないかと思った。彼の暮らしはなんとなく推察されるのではなく、習慣のように思い出されているはずだった。それは貧乏であることよりひどいのかもしれないと、歩みを止めたまま考えに浸った。興味があったわけではない。知っているのは彼が先輩だということ、そしてその人の名前がドゥシクだということがすべてだった。宵の口から泥酔した先輩たちが彼の名前を呼ぶときも、私はさしたる興味もなく通り過ぎたものだった。

その年、私は開峰《ケボン》駅の近くに住む母方の叔母の家に居候していた。毎晩のように家がどこかわからなくなり、町内をぐるぐるさまよっていた。ルートを変えない習慣ができたのも、おそらくその頃からだったはずだ。都会は目印にして動き回るには似たり寄ったりの建物ばかりだった。その年は混乱するような出来事がたくさんあった。新学期にはじめて聞く質問の前で慌てたり、打ち明けて弁明しないと非難されるのではと焦ったりするような出来事が。口にする言葉のほとんどは言うことが見つからなかったり、沈黙に耐えかねたりするときに発せられているというのに。いつどんな言葉を口にしながら生きてきたかなんて、簡単に忘れてしまうのに。私はそういう言葉の中でしょっちゅう浮かれ、苦しみ、右往左往していた。

つまりは一九九九年の夏だった。大学の正門から地下鉄の駅までつづく長いアスファルトを歩いていた。鞄の中には誰もが知っている、だけど私はよく知らなかった作家の本がつめこまれていた。私は歩道を歩きながらあれやこれや考え、それ以上考える内容がなくなると少し前に考えていたことをまた考えた。そしていつかこういう単調な瞬間や、さっさと通り過ぎてくれたらと願うような時間が迫ってきたとき――ひとり耐えながら思い出すのにちょうどいい、生涯でもっともエロティックな経験をしてみせると誓っていた。〈私って、そういう瞬間、すごく淫らなセリフをうまく言えそうだけどな〉と。はじめての居候暮らしが不自由で、できるだけゆっくり歩を進めていたのかもしれなかった。誰のせいでもない、人と一緒に暮らすということは、お互いに少しずつ我慢することだとわかってはいたのだけど。朝になると急いで大学に行き、夜になると終電に乗りこむ日々だった。当時の私にたったひとつ楽しみがあるとしたら、一日に二度ずつ漢江《ハンガン》を見られるということだった。椅子にもたれかかったり、私が絶対になれない顔を持つ、一九六〇年代の韓国の作家が書いた文章の素晴らしさに驚いたりしていても、電車が全速力で漢江を縦断する瞬間が、粉々に砕け散った二十世紀の風景が窓の中へと降り注ぐ瞬間がやってくると、素早く体をひねって窓の外を眺めたものだった。足の下で静かにきらめく川……。ソウルの大きな川。漢江を見るたびに熱々のお茶を飲んだときのように、さっぱりした孤独が胸を下っていく気分になり、同時に自分は故郷を去ってやってきた人間なのだとも感じた。そして輝くものは皆そうであるように、毎回その風景もあっという間に通り過ぎていった。

再開発されたマンション群の向こうに夕日が傾いていた。下校した私は至難の道を歩き出した。もしかすると新たな環境と十九歳には答えの出ない難問の前で、自分の中に存在する文法を作り直していたのかもしれなかった。新しい言葉が孤独に、そして慌ただしく作られている体内事情と違って、周囲はひっそりと寂しげだったと思うのだけど。ふと顔を上げると、あの部屋の窓があった。いつもどおり燈はつけっぱなしだった。その前で立ち止まった。それはいつもそこにあったし、そこにあるのがおかしな理由はひとつもなかった。でもその日、空に浮かぶ窓を見た瞬間、本みたいに広げられた四角い光の前に立った瞬間、いきなり彼の名前を呼んでみたくなった。呼んだらどうなるんだろうと。鶏の丸焼き屋の前、オートバイがブーンと配達に向かうのが見えた。ぼんやりと空を見上げた。ひつじ雲がアンテナの上を通過するみたいに流れていった。季節ごとに大移動する地球の巨大な思考のようだった。その移動が作る影の下に若くて臆病な私がいた。高い峰に上って「お父さん！　一曲かけてください！」と叫びたい心情だった。そうしたら空のひつじの群れが一斉に口を開いて、山びこ《サンウルリム》の『君の意味』みたいな歌を合唱してくれるはずだった。いや、十数年前にイ・ボマクが歌った『別れではない別れ』のほうがいいかな。彼と会う前に爽やかな別れの曲を歌い、片手を高く掲げ、私の愛よ、グッバイ、グッバイと歌詞のとおりに告げてもいいのではないだろうか。ついに力を結集させると、でも、その割にはすごく小さな声でその人の名前を呼んでみた。

「ドゥシク!」

……甲高い声だった。かすれる声をなんとかしようと咳払いした。私の声は『君の意味』の前にちらりと顔をのぞかせることすらできなかった。何気なく呼んでみた名前を、またしても呼ぶ羽目になった。もしかすると鶏の丸焼きの匂いでお腹が空いていたせいかもしれなかった。唾を飲みこんだ。そしてもう一度、その人の名前を呼んでみた。

「ドゥシク!」

……気配がなかった。体がぶるぶる震えた。軽い冗談のつもりなのに、彼が本当に答えたりしたらどうしようと、どんなに不安だったか。雲を追い立てる風はもうあそこまで進んでいる。どうにでもなれと最後に呼んでみる名前。

「チェ・ドゥシク!」

……額の上に浮かぶ二百二十ボルトほどの月。周囲は死んだように静かで、彼の不在が与える静けさは全世界をぱんぱんに埋めていた。そしてその瞬間、私は彼のことが好きになっていた。

＊

地球は回り、地下鉄も回る。風が吹き、また吹いてきて、この世でもっとも気持ちのいい風は地下鉄六号線のエアコンの風だと、彼はつぶやくように言った。

「どうしてですか、先輩？」

彼が〈メロナ〉のアイスクリームを舐めながら、つまらなそうに答えた。

「快適だろ」

「そうですか？」

「うん」

「私もです」

「何が？」

「風です。地中から吹いてくる地下鉄の風みたいな。それを全身に浴びていると、私の中にある何かがむちゃくちゃ揺さぶられてる気がするんです」

思いがけず流暢にしゃべったことが気まずくて子どもっぽい声になっていた。

「その風は、」

先輩が言った。

「体に良くない風だけどな」

足を止めた。前方に二手に分かれている路地が現れた。ふたりとも視力が弱く、眼鏡をかけていなかった。先輩は迷っていたが、道を知らないくせに堂々と片方に踏み入った。私はちょこちょこと追いかけながらぶつくさ言った。

「なのでこうやって歩いてるといつも、今も私の足下では数十台の地下鉄が遊泳してるんだなって感じるんです」

「うん」

「そういうものが最終的には都会の音楽を作り出してるんじゃないかって思うんです」

先輩が私の顔をじっと見た。

「つまり地下鉄はターンテーブルみたいなものなんです。地中で一日中ぐるぐる回りながら、孤独と辛酸の音楽を作り出す」

先輩は短く返事した。うむ。私の手にはぽたぽた溶け落ちる〈ジョーズバー〉のアイスクリームが握られていた。さっき先輩が買ってくれたのだ。

「風刺だな？」

「はい？」

「地下鉄だよ」

私は顔を上げて地下横断道路を見つめた。

「ここも、」

先輩も顔を上げた。

「駅の近くですよね？」

うむ。先輩は押し黙ったまま、ぺろりと〈メロナ〉を舐めた。私はその姿をカッコいいと思った。

「先輩は？」

「何が？」

「六号線の風です」

先輩は少し考えていたが、どうってことなさそうに答えた。

「なんとなく。特に人がいないから」

私はしょんぼりした。先輩は自分の答えが不誠実だったと思ったのか言い足した。

「真夏の、人がほとんどいない時間帯に地下鉄の中に入るとさ、」

「はい」

「自動ドアの中に足を踏み入れた瞬間、全身の熱が揮発して体温が一気に下がるだろ」

「はい」

先輩はアイスの棒を口に咥《くわ》えたまま恥ずかしそうにつぶやいた。

「俺は、そのむちゃくちゃリアルな快適さが好きなんだ」

「その風も、」

私は言った。

「体に良くない風ですけど」

地球は回り、地下鉄も回りに回って曲がりくねり、私たちの心の中に住む路地もその晩はひどく歪んでいたのかもしれない。眼前に広がる路地は行間にありったけの思惑が秘められたラブレターのように、明白ながらも曖昧でくだらなそうで美しかった。先輩はぐるぐるとあっちに行ったりこっちに行ったり、上ったり下ったり、現れたり消えたりをくり返し、迷路のような道をたどった。私は先輩についてあっちに行ったりこっちに行ったり、上ったり下ったり、現れたり消えたりをくり返しながら、小鳥のようにやかましくさえずっていた。路地は曲がり、もつれ、ふたたび開けると、今度は全然わからない道へと続き、ひとつの道になって狭まったかと思うと、爆竹みたいに無数の道の束を噴き出した。目の前にまた分かれ道が出現した。先輩は片方へと足を踏み出した。その後ろ姿は古い物語の中へと足音も高らかに進みゆくシルエットさながらに恍惚としていて危うく見えた。私は歩くリズムを合わせて小走りに歩いた。先輩が話を続けた。

「そうやってさ、だらっと六号線の隅っこに座って地中を回ってると、」

「はい」

「頭を預けて、ちょうどいい温度のエアコンの風を浴びて座ってるとさ、」

「はい」

先輩が歩みを止めてこちらを見た。私も立ち止まった。先輩は私の目を真っすぐに見つめて低い声で言った。

「ソウルに来たのは大正解だったなって思う……」

地下横断道路の上から全速力で駆けてくる電車の音が聞こえてきた。私は固唾《かたず》を呑んで見守っていたが、さくっと〈ジョーズバー〉をかじった。爪ほどの大きさのジョーズが胸の上にざばーんと飛び上がり、尾びれをひねって消えた。私たちはしばらく沈黙していた。

「先輩！」

「ん？」

「あのですね」

「うん」

先輩はなんでも訊けと言わんばかりにいかめしい顔をしてみせた。

「先輩の部屋って暑いんですか？」

先輩は一瞬たじろいだが堂々と答えた。

「もちろん」

月光は明るく、心は私だけのもの、そんな夜だった。あそこに見える二番目の道は、さっきも通った同じ道かもしれなかった。路地はずぶずぶとぬかるんでいて、追憶とは当然そうあるべきだとでも言うように、黄色い街灯の光をいっぱいに浴びていた。ということで、その晩の私たちは普段よりも少し重い影を体にぶら下げている必要があった。

「そうだ！　お酒のあとのアイスって、ほんとにおいしいですよね！」

私はアイスの着色料で真っ黒になった唇でにっこり笑った。アイスを持っているほうの手がべたべたで、どこかで洗えたらと思ったけれど、もう少しだけこうやって……先輩と道に迷うのも悪くなさそうだった。

「俺の部屋でさ。雨が続くと大家のおばさんが真夏でもボイラーをつけるから、建物中の床暖房《オンドル》が稼働するんだけど、それでも彼女と俺はひしと抱き合ってたのを思い出すな」

次の先輩の言葉は私をひどく悲しませた。

「今ふり返ると、自分でもよくやったなと思うよ」

「……」

先輩がよくしていたのは恋愛の話だった。聞くたびにしょんぼりとして、砂に頭を打ちつけて死にたくなった。どうして先輩の〈はじめて〉になれないのかと悔しくて無念だった。先輩に出会う前、私はどうして頭にヘンテコなピンをつけて、夜遅くまで学校で〈夜間自律学習〉なんかしていたのか、先輩が彼女を抱いているあいだ、私はどうして教師たちをこき下ろしたり、連帯責任のお仕置きを受けたりしていたのか。

「もう三十分はこうしてるな」

「ですよね？」

「うん」

「ところでさ」

先輩がこちらに向かってきた。私は後ずさりした。

「な、なんですか？」

先輩がさらに近寄ってきた。

「あれってさ」

私は身をすくめ、不安と期待に満ちた声で答えた。

「何がですか？」

月光は薄暗く、手で握れるものなら粉々に砕いてしまいたかった。先輩がとぼけて言った。

「出口ってさ、一体どこにあるんだ？」


その日は宵の口から大学の皆と遊んでいた。酔っぱらっていて、誰もお金を持っていないくせに、なんの心配もせずに二次会へ向かった。そしてもう行くところがなくなると、入学年度がいちばん早い女性の先輩の家に向かった。彼女の家は大学からかなり離れたところにあった。文章という共通点がなかったら決して出会うこともなかったであろう私たちは文学なんて完全に忘れ、お互いに気に入った相手を横目でちら見しながら勇ましく路地を進んでいった。

親しさを感じるようになったばかりの、そこからもう少しお互いを好きになりたくなった人間たちが作り出す、あらゆる冗談と嘘が路地を騒々しくさせていたのを思い出す。彼女の家は七階建てのマンションの屋上にある屋根部屋［ほとんどが貯水タンクの設置や保護のために作られた小部屋を居住用に改造したもの。家賃は安く、居住環境は厳しい］だった。私たちはつま先立ちで一段ずつ外階段をよじ登っていった。闇の中、一列になって押し合いへし合いしながら真っ暗な階段を上る酔っぱらい、それがまさに私たちだった。誰かが〈痛っ〉と声をあげると、全員が一斉に注意した。こうやって人を連れてくるたびに、彼女が階下の住人から嫌がられていることは目に見えていたからだ。私は照れくさそうなふりをしながら消極的な態度でついていった。酒の味もわかっていなかったし、〈みんなが酔っぱらってるあいだに、急いで大人にならなきゃ〉と誓っていたせいだ。彼女がドアを開けた。部屋に入った私たちは一瞬しんとした。そこはたくさんの本があって神聖な印象を与えた。年若い酔っぱらいたちは罪悪感を覚えた。でもそれもほんのひとときのこと、またバカ話で騒ぎ、酒を飲み、口げんかをしてはしゃいだ。誰かが何度もトイレに出入りしているあいだ、誰かはインスタントラーメンを作り、詩集を引っ張り出して読み、家賃を尋ねた。ドゥシク先輩は誰かを笑わせているようだった。彼はいつも人気者だった。あっちのハンガーラックの下では、同期のひとりがハンガーを頭にはめている姿が見えた。ヤツのおでこには〈?〉マークの形をしたフックが角のように生えていた。泥酔したヤツは、もうじき大事なメッセージが来るからとドアの外に飛び出していった。数人が浮かれて真似した。洗濯用のハンガーは頭に合うようにたやすく曲がり、ぴったりはまった。すぐにドゥシク先輩がハンガーを頭にはめて飛び出すのが見えた。私はがばっと立ち上がると、素早くハンガーをはめて後を追った。コンクリートの床に新聞紙を敷き、円になって座っているのが見えた。彼らは異教徒みたいに両腕を上げたままメッセージを待っていた。気づかれないようにそっと彼らのすき間に交じって座り、ヤツをたしなめた。ヤツは私にハンガーを突き出してふざけてきた。私も負けじとハンガーのフックでヤツを突いた。お互いの角を狙うサイのように全力でしょうもない真似をしていると、ドゥシク先輩が酒を注ごうと前かがみになるのが見えた。ヤツに向かって頭をもう一度突き出した。ところが体が言うことを聞かなかった。私の〈?〉とドゥシク先輩の〈?〉が引っかかってしまったのだ。私は顔を真っ赤にしたまま身動きできずにいた。高いところに登って両手を口にあて「お父さん！　一曲かけてください！」と叫びたかった。そうしたら空から奚琴《ヘグム》［古代中国から伝わった二弦の弓奏楽器］で演奏する『ラヴ・ミー・テンダー』が悲しげに流れてきそうな気がした。ドゥシク先輩と私はおでこを寄せた状態であたふたしていた。どちらかがハンガーを頭から外せば済む話なのに思いつかなかったのだ。皆は笑うばかりで助けてくれようとしなかった。ふたりして頭をあっちにこっちに動かし、ようやく絡まりをほどくことに成功した。それから一緒に気の抜けたビールを飲んだ。頭上を夏の風が通り過ぎていった。ひとりふたりとハンガーを外し、違う話題に移っていった。ビールをすすりながら先輩の顔色をうかがった。先輩は相変わらず空を見上げていた。大事なメッセージでも待っているような表情だった。私は顎をしゃくるようにして空を指すと尋ねた。

「なんて言ってるんですか、先輩」

先輩が言った。

「知りたいか?」

私はうなずいた。先輩は「待ってろ」と言うと、もったいぶって間を置いた。そして今まさに到着したメッセージを伝えるかのように優しくつぶやいた。

「心よりひどいものがあるだろうか」


女性の先輩は皆の寝床を点検すると、静かに自室へ入っていった。私は顎まで布団を引き上げたまま天井を見つめていた。そして時間が過ぎるのを待った。じっと横になって何かに耐えるのは、もっとも得意とすることのひとつだった。

少ししてその場をこっそり抜け出した。もうすぐ始発の時間だった。手探りしながら長い階段を下りた。そして玄関前に着くと、靴ひもを結んでいるドゥシク先輩と鉢合わせした。当惑した先輩が尋ねた。

「なんで出てきたんだよ?」

「家に帰ろうかと。先輩は?」

先輩も帰るところだと言った。自分は慣れない場所だと眠れない。駅までなら一緒に行こうと。私は喜んでうなずいた。そうでなくても方向音痴なので不安に思っていたところだった。そのときはまだ、先輩についていけばどこでも楽々と探し出せる、着けるだろうと思っていた。先輩が半歩だけ先を歩いた。後ろ姿を見ながらつぶやいた。「先輩は影もほんとにカッコいいんですね」

それから一時間、私たちは狂ったように路地をさまよっていた。先輩はだらだらと弁明を続けた。あれ、おかしいな？　こっちじゃないのか？　あっちかな？　とくり返し、たまに足は痛くないかと尋ねたりもした。私は、大丈夫だからさっさと駅を探してくださいと叱りつけた。先輩は俺だけを信じろと変な道に迷いこんだ。そして元カノの話をやたらと口にした。先輩はずっと前に誰かさんをむちゃくちゃ好きになったらしいが、今もその彼女のために部屋の鍵を隠しておいているそうだ。先輩が思っていたよりも口数が多いことに、私はひとりでがっかりしていた。ちょっと腹を立てたい気持ちもあった。こんなに良い季節なのに、先輩はどうして過去ばっかりふり返るんだ、〈ジョーズバー〉を一本買い与えたら、それで終わりなのかと。

「それでどこまで話したっけ？」

私は気乗りしない口調で答えた。

「先輩が彼女を送ったところまでです」

先輩は「そうだ」と話を続けた。

「昔から方向音痴でさ。一度しか行ったことのない道は絶対に覚えられないし、二度、三度と通った場所も忘れちゃうんだ」

私は言わなくてもわかっているという顔をした。先輩の恋愛がちょうどはじまった頃、元カノは先輩の家から歩いて三十分ほどの街に住んでいた。ソウルの地理をよく知らない先輩のために、自分の家までいちばん速く着けるルートを教えてくれたらしい。ふたりはずっとその道だけを一緒に歩いたそうだ。先輩は口ごもりながら言った。

「でもさ、別れてだいぶ経ってからはじめて、」

私は地面を見つめた。

「彼女が教えてくれた道が、お互いの家へのいろんな行き方の中で、いちばん時間のかかる遠いルートだったことに気づいたんだ」

「……」、
話の意味がわからなかった。私はただただ、先輩の部屋の燈は今もつけっぱなしなのか、先輩が好きだった元カノはどんな顔をしてたのか、私は典型的な北方系モンゴロイドの顔立ちだけど、彼女はきっと洗練された南方系ではなかったのか、そんな推測をしているだけだった。一睡もしていないけど顔がテカっていないか、頭が少し痒いんだけど掻いてもいいかと心配しながら、埃がへばりついてべたつく手のひらを何度も握ったり開いたりしていた。先輩の話をもっと聞きたい気もしたけど、もう話題を変えようと言いたかった。でも、じゃあどんな話だったらいいのかわからなかった。私は表現したかった。あるいは伝えるのでもよかった。きまり悪くて恥ずかしいけど、私たちが歩いているこの道は、そんな赤面するような話をするのにぴったりじゃないかと。

「先輩」

先輩がふり返った。いざ呼んでみると、何を話すべきかわからなかった。好きだって告白しようか？　野暮すぎるかな？　日本の漫画に出てくる女子高生みたいに〈付き合ってください、先輩〉ってもじもじしながら言ってみようか。それより、今ってそういう話をするのにふさわしいときなのかな？　この人、やたら昔話ばっかりしてるところを見ると、私のことをやんわりと拒否しようとしてるんじゃない？　私はそれくらい気楽な存在だって意味かな？　明日、映画を観にいこうって誘ってみようか？　いかにもありがちかな？　でも、こういうときほどありがちなのがベストなんじゃない？　最終的にひとつの決心をした。ずっと前、あの窓の前でそうしたように、もう一度だけここで先輩の名前を呼んでみようと。

「あの」

「……」

私は両手に力を込めた。

「あの、先輩」

先輩が私をじっと見つめた。その瞳孔が大きく開かれた。そしてゆっくりと私の唇が開かれた瞬間、先輩が慌ただしく向こうを指差して叫んだ。

「あっち!」

私はびくっとして先輩が指す方向を眺めた。遠くに一台、二台と通り過ぎる自動車のライトが見えた。ふり返ると先輩は安堵の表情を浮かべて言った。

「あっち。見えた。出口」

ということで私たちがどの道でふたたび会い、どんな怒りとためらいを感じたのかという話は、いったん後回しにしよう。その代わりに先輩と私がさまよっているあの道、あの長くて複雑でくねくねとした路地をもう少しだけ見ることにしよう。私には、歳を取らないふたりが今もあの路地をさまよっているように思える。あの中から抜け出せないまま、太陽が昇って傾く速度によって薄まり、また濃くなる影の薄さを足元にぶら下げて。こっちかあっちかと何度も覗きこみながら。地球は回り、地下鉄も回りに回って、歪んだ時間の中を長いあいだひたすら進み、私の知らない物語を作っていくのかもしれないと。無数の道の束、その中には二十年前の急斜面の貧民街とつながる路地が根を張っているのかもしれない。彼らはスナック菓子の袋がはためく廃墟で空き部屋を見つけ、真っ暗な空き部屋、その四角い不在の真ん中に佇み、あのときできなかったキスを長いあいだ交わすことになるのかもしれない。そしておそらくその瞬間には、なんの曲も必要ないのだろう。

＊

私は一日に二度、漢江を渡って大学に通っていた。もう叔母の家が見つからなくて町内をぐるぐるさまようことはないけれど、未来の私がさまようことになる道は、まだ数百以上も残っていた。先輩の消息はわからない。知っているのは先輩が休学届を出したこと、そして連絡がつかないことがすべてだった。探していると気づかれないように先輩の近況を訊いて回った。皆は「そうだな、地方に行ったんじゃないか」あるいは「つらいことがあったんだろうな。誰も電話にも出ないらしいし」とはぐらかした。休学は大学では大したことでもなかった。誰もが先輩のことを気にはしていたけれど、そのあいだに中間試験があり、うまくいかない恋愛があり、あり、それぞれの生活苦があった。一年後とかに戻ってきたら喜んで握手を求めるだろうけど。先輩は忘れられていった。どんなくだらない理由で失踪したにせよ、姿が見えないという事実は私を苛立たせた。大学の前を通るたびに先輩の部屋の窓を見上げた。それはいつもと変わらず、ひっそりと寂しげに光っていた。もちろん燈は彼の不在や存在について、何も教えてはくれなかった。その前で何度か彼の名前を呼ぼうとしては、しょんぼりとそのまま通り過ぎた。そして知り合う前からその人の名前を知っているのは危険なことだと、ふと気がついた。

少しずつソウル暮らしに慣れていった。母を説得して小さなワンルームを借り、アルバイトでお金を稼ぎ、友人たちとビールを飲み、自然なメイクの仕方についてアドバイスをもらいながら。頭上を通過する時間をぼんやりと見つめながら大学に通い、ご飯を食べ、ワンルームに体を横たえた。そして先輩のことを気にしなくなった。あんなふうに近づいてきたと思ったらいなくなる人、憎まれて当然だと思った。

ある日の夕方、大学の前の坂をゆっくりと下っていた。空には久しぶりにひつじ雲が流れ、イチョウの木のあいだを風が吹き抜けていった。商店街を覗きこんだ。手頃な値段のメニューを選び、さっさと食事を済ませたかった。向こう側の鶏の丸焼き屋が目に入った。先輩が住んでいる建物に入っている店だった。私は鶏の丸焼き屋と先輩の部屋を交互に見つめた。周囲には〈揚げ物〉の匂いが懐かしさのようにぷんぷんと広がっていた。空腹に襲われた。しばらく意識して見ないようにしていたのに、その光の下に立ったら、彼はきっとそこにいるはずだという予感に包まれた。これまでどうして気づかなかったのだろう、今もあの場所でご飯を食べ、眠り、アルバイトに行っているかもしれないのに、私は彼がいなくなった場所ばかり見つめていたのだ。勇気を出して部屋に上がってみることにした。

鶏の丸焼きを注文した。辛いソース味とプレーン味のハーフ&ハーフにした。店長に先輩の消息を尋ねた。店長は「ああ、上の部屋の学生さん?」と首をかしげた。燈がついているところを見ると、部屋にいるんじゃないかとのことだった。鶏の丸焼きが入ったビニール袋を持って階段の下に立った。湿っぽくて細長い闇が口を開けたまま伸びていた。呼吸を整えて一段ずつ階段を上った。なんて挨拶したらいいのかわからなかった。怒るかもしれないけど、もしかしたら歓迎して握手してくれるかもしれなかった。先輩の部屋は三階の行き止まりにあった。古びた玄関の前に立った。〈とんとん〉木のドアをノックした。中からはなんの気配もしなかった。もう一度ノックした。返事はなかった。ドアノブを握った。手のひらにぞくっとするアルミニウムの感触が丸く絡みついてきた。その瞬間、ぞくぞくという尿意とともにずっと忘れていた一場面が頭に浮かんだ。母と上った急斜面の貧民街の景色だった。狭くて曲がりくねった道とドアから飛び出してきたおばさんの笑顔、そんなシーンが。

母が鉄門に頭を突っこむと、平べったい顔をしたおばさんが走り出てきた。母は新婦みたいに丁寧なお辞儀をした。ふたりは縁側に座って談笑した。おばさんは何度も頭を撫でてくれた。私は退屈そうに貧乏ゆすりをしながら周囲を見回した。庭のどこからかトイレのナフタリンの臭いが漂ってきた。母が訊いた。あそこの部屋ですよね? おばさんが答えた。そうだよ。お嬢さんがはじめてここに上ってきたとき訊いたよね、「あそこの部屋を借りてる彼がいつも噂してたお嬢さんは、あんたなんだね？」って。母はいわくありげな笑みを浮かべた。今は誰も住んでいないみたいですね？　うん。ここも人がぽつぽつ減っていってね。私はこっそりと縁側を抜け出すと、家を見物しはじめた。母はこちらに目を向けることもなく話に熱中していた。私は赤いたらいに植えられた花とサンチュを見るふりをしながら、母が指差したほうに向かった。その部屋は大家の家の左奥にめり込んでいた。辺りをうかがいながらドアノブを握った。ぞくっとする金属の感触のせいで軽い尿意を感じた。胸をどきどきさせながらドアノブを回した。かちゃり——ドアが開いた。濡れたコンクリートの匂いとともに闇がふわりと押し寄せてきた。剝がれた壁紙のあいだから青色、ピンク色、紫色のカビの花が咲き乱れているのが見えた。私はその場に固まっていた。ここが私たちの部屋だったなんて信じられなかった。いつの間にか私を捜す母が目の前に来ていた。青ざめた硬い顔で尋ねた。

「どうしてこんなに暗くて何もないの？」

母が私の肩に手を置くと言った。それはね、あなたがここにいるためだったのだと。

ドアはしっかり戸締まりされていた。先輩が鍵を置いておきそうな場所はどこだろうときょろきょろ見回した。このまま帰るのは惜しい気がした。不意に先輩と路地をさまよった日の記憶がよみがえった。彼女がいつ戻ってきてもいいように鍵を隠してあると言っていた。あのときは深く考えずに聞き流したが、どこかに鍵が本当にあるのかもしれない。まぐれ当たりを期待しながらドアの前にある厚い敷板をさぐってみた。何もなかった。ドアノブに掛けられた牛乳の袋の中も漁ってみた。やっぱり何もなかった。じっと思案していた私はつま先立ちになり、ドアの上の部分をさぐってみた。厚い埃のあいだ、冷たくて平べったい物体が手に触れた。ひょっとしてとは思っていたけど、ぎくっとした。唾を飲みこんでから鍵を鍵穴に差しこんだ。閉ざされたドアのすき間からくらくらするような燈がほとばしった。

部屋に入った瞬間にドアの鍵を閉めた。小さなローデスクと本棚、壁に打ちつけられた釘が見えた。タンスとインスタントラーメンの段ボール数個も目に入った。室内は驚くほどきれいで、そのせいで本当の廃墟みたいに見えた。先輩は遠くに行ってしまったわけではないと確信した。何をしたらいいのかわからなくてもじもじした。片側の壁に掛けられたハンガーを見つけた。どこにでもあるような洗濯用のハンガーだった。それは誰かが残していった清潔な骨みたいに、宙に引っ掛けられていた。私は何気なくハンガーを手に取った。それから頭にはめてみた。意外なメッセージが送られてくるかもしれないという期待からだった。目を閉じて上を向いた。おでこから突き出た、ひ弱な〈?〉マークが空に向かって伸びていた。先輩と歩いた道と夏の風が思い出された。でもそれだけだった。いくら待っても大事なメッセージなんて来るわけがなかった。しばらくして諦めたように目を開いた。天井に何かが見えた。目につきにくい痕跡だった。眉間にしわを寄せて天井を凝視した。ドゥシク先輩の字だった。それは先輩が好きな詩の最後の一節だった。

――憐れな僕の愛、空き家に閉じこめられたね。［キ・ヒョンドの詩『空き家』の一節］

突然、涙がぼろぼろと頬を伝った。自分でもどうしてかはわからない。ハンガーを頭から外して元の位置に掛けた。部屋を出る前に室内を見回した。壁のスイッチをまさぐった。何かものすごい〈浪費〉をしているという気がしたからだ。決心したようにスイッチを消した。かちっという音とともに辺りは暗くなった。ドアを閉めて建物を抜け出した。遠くに、彼の部屋の窓と口を閉ざした闇が見えた。

少ししてもう一度その中に入った。木のドアが見えた。つま先立ちになって鍵を探した。鍵を差しこんで手首を回した。かちゃり――木のドアが開いた。閉ざされたドアのすき間からくらくらするような闇がほとばしった。手を伸ばして壁をさぐった。燈のスイッチの出っ張った部分が触れた。決心したように、もう一度スイッチをつけた。かたん――電球の中のフィラメントが細く揺れた。燈は不安そうに何度か体を震わせていたが、またさっきのように明るく周囲を照らした。その光を確かめてからドアを閉めた。

フライデータレコーダ

春の日差しに灼かれたこの島のどこか、ちらほらと顔をのぞかせた新緑の向こうでは、日常的、かつ悠久なる労働、謎の噂と倦怠、あるいは誰かの名前を呼んでみてもよさそうなほど涼やかに吹いてくる風の中で、子を産み、また子を産む人びとが暮らしている。島の名前はフライデータレコーダ。本来は半島と地続きだったが、後氷期の海面上昇で島として分離することになった。周囲には海のほかに何もなかった。宇宙がこの島に授けた、たったひとつの贈り物があるとすれば、それは時間、それだけだった。

歳月が流れ、数万の季節と季節、さらにもう一度の季節が巡って人間の一団がこの地に到着したとき——彼らが最初にしたのは島に名前をつけることだった。リーダーの指示のもとに島の頂きを探した。雲の向こうに巨大な峰が見えた。肩に荷を担ぎ、絶壁と丘陵、平原を経て山の上へと這い上がった。島の周囲は羊水のように赤く揺らめいていた。彼らはどうにかこうにか頂上にたどり着いた。そして目の前に広がる光景に見惚れた。通り過ぎてきた窪みや渓谷、平原のすべてが線となって、ひとつの模様を形作っていた。それは高所からでなければ見えない巨大な絵、それ自身が秩序を有しているという事実だけでも美しい古代の象形文字だった。

彼らは知っていた。意味を理解できないとしても、自分たちなら解読できるだろうということを。一団のリーダーは不安と驚異の眼差しで文字を眺めた。そして、ついに口を開いて発音した。フライデータレコーダ。続いて一団も静かに唱和した。フライデータレコーダ。そういうわけでこの島はフライデータレコーダだ。数千年の時が過ぎた今日、歯の抜け落ちた老人は今でも先祖の話をする。なぜ文字がそこにあったか、誰が作ったかについての意見はまちまちだが、島は繁栄してひとつの村を築いた。文字は消え、今はもうない。

フライデータレコーダは本土の人間との往来がほとんどない。観光地でないうえに、半島からもっとも遠く離れた島のひとつだからだ。ここには多くも少なくもない人間が住んでいる。彼らに与えられた日常は、普段私たちが〈暮らし〉と呼んでいるものと大差ない。春になると男たちはシラウオ漁で海に出る。網の中の光を汲み上げながら目まぐるしく働く。必要なものはすべてそろっており、必要じゃなさそうなものも仲良く、しかし息を潜めて共存している。島の中には学校もあるし、テレビもあるし、茶房《タバン》もある。一時期は天然記念物のワシミミズクもいた。この地がミミズクの重要な生息地だと明らかになったとき、フライデータレコーダは一万年前の後氷期以来、はじめて本土と文化財管理局の興味を引いた。だがそれもひと時のこと、今は一羽のミミズクも残っていない。住民は、人がひとり死ぬたびにミミズクが島を去るのだと信じていた。ある晩に誰かが息を引き取ると、死者はおいおい泣きながら、ミミズクはホーホー鳴きながら月光の中を飛んでいくのだと。生者はまだたくさんいるが、ワシミミズクはそうやって姿を消した。岬には青い灯台もある。夜になると灯台の明かりをはじめ、家々が灯す小さな光で島は浮かび上がり、そのきらめくさまを空から眺めると、穴から光が漏れ出ている黄色いあばた面の星のように見える。黒く揺らめく海の真ん中で水に浸かった星を想像してみるとしたら、それこそがフライデータレコーダだ。曲がりくねった道を五十ccバイクが走り、子どもたちが通う分校では〈ミ〉の音が出ないオルガンがたどたどしく伴奏され、民家の庭には風よりのっぽな洗濯ロープを結ぶ長竿が立っている島。フライデータレコーダ。今はもう古代の文字が刻まれた古《いにしえ》のフライデータレコーダでも、ワシミミズクが棲む天然記念物保護区域でもない。ここでは長きにわたって何事も起こらなかった。だが長いこと、そこまで一貫してつまらない場所でいられたというのも、やはりこの島が持つ奇跡のひとつだ。

これはフライデータレコーダ三十七番地、青いスレート屋根の下で暮らすひとりの子どものお話だ。物語は数日前に墜落した飛行機と大麻畑の火災で幕を開ける。ある日、飛行中の黄色い軽飛行機が方角を見失って右往左往していたが、やがて村でばったり倒れて息絶えた。機体は灯台に刺さった。尾は炎に包まれて野生の大麻畑に落ちた。一瞬のうちに数千坪におよぶ大麻畑がめらめらと燃え上がった。ひりつく煙がもくもくと立ちのぼると島一面に立ちこめた。二日後に大雨が降るまでの間、食欲旺盛な火の勢いは止まらなかった。大麻の煙に酔った島の人びとは一晩中踊り明かして歌った。

＊

フライデータレコーダの春は遅いから、ひんやりとした春風がぴゅーと吹き抜けると草木が鳥肌のように一斉にぴんと立ち上がり、徐々に見えなくなっていく。男たちは陽光を背負って網を手入れし、春の日、島の影の下、真っ黒な海の中では魚が頭を冷やしている。その日の三十七番地、青いスレート屋根の下での日常も普段どおりだった。その家には島外に出たことのない六歳の子ども、彼のおっかない祖父、本をたくさん読んだからなんでも知っている叔父が暮らしていた。

その日の午後、老人は庭にしゃがみこんで煙草を咥《くわ》えたまま魚をさばいていた。コンクリートをざっと敷き詰めて作った庭の一角には、赤いたらいがふたつ置かれていた。子どもは縁側に寝そべり、牡蠣フェ［コチュジャンベースのピリ辛で冷たいスープに、牡蠣と細切りの野菜や梨などを入れた料理］から梨を抜き取って食べていた。老人は長いホースを引っ張り出すと先端を片手でつまみ、庭によどむ血の混じった水を洗い流した。そして虹色の水滴のあいだから子どもをじろりと睨んで言った。

「起き上がって食えないのか！」

子どもは春風に運ばれてくる気だるい血の匂いを嗅ぎながら心ゆくまでのんびりしたかったけれど、老人にたしなめられたら飛び起きるしかなかった。〈親なし子〉を〈礼儀を知る〉人間に育てるのが老人の念願のひとつだった。子どもがまだ乳飲み子だった頃からたらいに寝かせて畑仕事に連れていったものだった。子どもの股間のトウガラシに飛びこんでくる蠅を追い払いながら草をむしり、この子をまっすぐ育てようと決心したのだった。だが子どもにとって祖父との同居というのは、三人の実父の面倒をみるのと同じくらい疲れることでもあった。よく声の通る祖父が怒鳴るたびに、子どもはちょろちょろとお漏らしをした。物心ついて随分になるというのに、最近になってズボンをダメにする回数がめっきり増えた。そのたびに老人は腹を立て、子どもはしきりに漏らした。子どもは滅多に泣かなかった。老人は苛々しているようすだった。爺ちゃんより爺ちゃんっぽい表情を浮かべる子どもに向かってやたら怒鳴っていたが、その姿は遠くから見ると、進化の不完全な動物が岩に向かって求愛しているようだった。裏庭では洗濯ロープに干された子どものパンツが風にはためいていた。子どもはピンク色をしたのどちんこの中へ生牡蠣をごくりと流しこんだ。牡蠣からは涼やかな木陰の味がした。庭の片隅には老人が削って作った長竿が立てかけられていた。長竿の端では蚊帳をかぶせられた無邪気なハゼが一斉に宙を見上げていた。子どもの視線が空の一点で釘付けになり、やがて徐々に動きはじめた。ぽかんとした顔で叫んだ。

「爺ちゃん！」

老人は納屋にいて気配がなかった。

「爺ちゃん！」

老人が包丁を手にしたまま顔を突き出した。大きく開いた子どもの瞳孔の中で突風が見え隠れしていた。

「あれ！」

老人は子どもが指差す先を眺めた。晴れ渡った上空で黄色い飛行機がくるくる回りながら墜落していた。尾に長い煙をぶら下げ、フライデータレコーダの不愛想な平和の中へとなすすべもなく抱き留められていく姿は、花が散り、風が吹くのと同じで、ごく自然なことに見えた。老人は面食らって飛行機の動きを目で追った。子どもが「おお？」と声をあげた。網で漁をしたり、畑の草むしりをしていた島の人たちも空を見上げた。しばらくすると〈どん！〉という音とともに飛行機が墜落した。フライデータレコーダの草木が一斉にぴんと立ち上がり、徐々に見えなくなっていった。子どものズボンの股上はぐっとくるものを感じ、徐々に濡れていくと、胸の中の愛のように色濃く染まった。老人は手を額にかざしたまま丘を見つめた。灯台の上に飛行機が突き刺さっていた。灯台は背が高いから村のどこからでも見えた。丘の上にもくもくと煙が立ち上った。

「爺ちゃん、あれ何？」

「よくわからないが……飛行機のようだ」

老人は奇妙な表情を浮かべた。

「だが……あれはおそらく、」

老人は何かを思い出そうとするように眉間にしわを寄せた。

「まるで……」

子どもも顔を歪めた。

「まるで、何?」

老人は思い出したというように、なんでもなさそうな口調で言った。

「ワシミミズクみたいだな」

やるせなくてじいんとする、いや、甘ったるくてひりひり辛い、めちゃくちゃ気分が悪くなりそうで良くなる大麻がぷんと漂ってきた。子どもも老人もはじめての匂いだった。半ズボンを穿いた子どもの脚のあいだから、生温かいおしっこが涙のようにぽたりぽたり流れ落ちた。

*

二晩が過ぎ、大雨が止むと、人びとはふたたび仕事に出た。黄色い軽飛行機は冷めてしまったパンのようにがちがちになって灯台に刺さっていた。フライデータレコーダの春の日は、いつものようにうららかで和やかだった。陸地からはこれといった報せもなかった。火災が起こった晩、老人は子どもの前で踊った。「お前のオヤジの顔も見えるぞ、蝶々や、青嶺《あおね》に行こう、青嶺も見える、死んだ婆さんの見目麗しいケツの穴も見える」と、庭で宙返りを三回した。子どもは手拍子を打った。乗りに乗った老人は縁側に横たわると両足で子どもを持ち上げ、敏捷な動きで〈飛行機〉に乗せてやった。祖父の足の裏で飛翔するたびに「わははは」「あははは」と笑い転げていた子どもは、昨晩あまりに笑いすぎたせいで頬が病人のようにげっそりとこけていた。翌日になって正気に返った子どもと老人はお互いを見つめ、ばつが悪そうな顔をした。

子どもの叔父は雨が止んでから帰ってきた。大雨のせいで航路が渋滞して島に戻れなかったそうだ。老人はいつものように畑仕事をしたり魚を干したりした。台所や便所で老人と子どもは鉢合わせした。老人は照れくさそうにしていた。自分と目も合わせられず乙女のようになってしまった祖父を見ながら、子どもは〈こういうの、すごく気まずい〉と思った。子どもは灯台の周囲を歩き回り、飛行機の破片と付属品をいじって一日中遊んだ。

三日目、夕飯の食卓につくとテレビがちょうど事故のようすを伝えていた。資源も風景もいまひとつの〈大したことない〉フライデータレコーダという島に正体不明の飛行機が墜落したという内容だった。子どもが食べている途中にしゃっくりをした。

「あら、まま！」

老人が箸を止めて見つめた。子どもは〈身に覚えがない〉と言わんばかりに首を振って否定した。

「お前、今、ママって言ったのか？」

「……」

飛行機と大麻畑が映し出された。大麻畑は巨大なハート形になって燻《くすぶ》っていた。取材陣は村人が酔っぱらっているあいだにヘリコプターで現場を取材したようだった。本土の人は想像以上に素早くて鋭敏らしかった。叔父が茶碗を前に押し出しながら話題を変えた。

「父さん、食べてください」

リポーターの声が聞こえてきた。

「墜落現場では遺体が発見されておらず、操縦士の国籍や墜落の原因など、すべてがはっきりしていない状態です。政府は、取り締まりを逃れて銃器や麻薬の密売をしていた国際マフィアグループの飛行機ではないかと疑っています。ブラックボックスの発見が急がれます」

老人は上海蟹を入れて煮詰めた白菜を噛みしめながら言った。

「あれは、なぜ教えてもいない言葉を使うんだ」

叔父がじっと老人を見つめた。

「……」

老人にはその沈黙が息子からの非難に思えたので、その非難をさらに非難する口調で問いつめた。

「なんだよ？」

叔父は俯《うつむ》いたままの子どもを見ながら言った。

「お漏らししたみたいだけど」

＊

子どもは叔父のとなりで横になった。庭のホースで体を洗った後だったから下半身がさっぱりすっきりしていた。叔父は真剣な表情でニュース雑誌を読んでいた。子どもが不思議そうに訊いた。

「面白い？」

叔父が言った。

「こういうのは面白くて読むわけじゃない。世の中の動きを知るために読むんだ。お前も大きくなったら他はともかく、ニュース雑誌くらいは必ず読むようにするんだぞ」

子どもはにっこり笑って布団の上に寝そべった。それからふんふんと鼻歌を歌いながら違うことを考えた。島の夕暮れ時、叔父のページをめくる音がかさかさと愛情深く聞こえてきた。

「叔父ちゃん」

「ん?」

子どもは天井を眺めながら無邪気な声で言った。

「僕ね、たまに死にたくなるんだ」


いつだっただろう? 子どもが〈ママ〉という言葉を口にしてみたのは。子どもにとって〈ママ〉は、ドニエプル・コンビナートやナトリウムアミド、セルロイドと同じくらい馴染みがなくて難しかった。同時にそれは〈説明〉が必要な言葉でもあった。ずっと前に子どもがママについて尋ねると、老人は腹を立てて言った。

「お前の母親は人にあらず」

人にあらず、それがママについて知るすべてだった。三十七番地の青いスレート屋根の下に、彼女にかんするものは何もなかった。写真も、衣類も、歯の抜けた梳き櫛ひとつも残っていなかった。彼女はフライデータレコーダの古代文字のように、ある日消え失せてしまった。老人は、子どもが〈ママ〉の話を切り出せないようにした。叔父は知っていた。結婚して数ヵ月もしないうちに寡婦になった彼女のまばゆいほどの美しさ、ワカメを和える手先の器用さ、具合の悪い舅を背負って船着き場に走るスピードの速さ、そして老人がどれほど彼女を可愛がっていたか。彼女は実家に行ってくると言い残し、別の場所で死んだ。火災が起こった安宿で素っ裸の男と一緒に。現場には彼女の所持品がいくつかと、焼け残った赤いブラジャーの丸いワイヤーだけがぽつんと残っていた。老人は子どもをおぶったまま「息子も骨になったばかりだというのに」と嗚咽《おえつ》した。それから子どもがママを探すたびに、老人は隣家の瓦屋根が震えるほど叱り飛ばした。

叔父は子どもの偶像だった。叔父は一時期、フライデータレコーダでもっとも出来のいい小学生だった。もちろん全校生徒が十二人しかいない分校内での話だったが。彼が成長できたのはすべて百科事典のおかげだった。小学三年生になった年、老人が大枚をはたいて百科事典を全巻セットで買い入れた。遠くから船でやってきた訪問販売員が二時間を超える懐柔の果てに挙げた実績だった。百科事典は出所不明のペーパーカンパニーから出たものだった。だから紙質も悪く、写真や図版もめちゃくちゃだった。第一巻のテーマは〈宇宙〉だった。叔父は自分の胸板よりも厚い本をぐっと開いてみた。その瞬間、ページ上に宇宙が明るく開けた。星雲と恒星、太陽系の写真の前で衝撃を受けた。その揺らめく光は自分に何か話しかけているように感じられた。叔父は百科事典を熟読するようになった。誤った情報も多かったが、誰も反論できなかった。なぜならフライデータレコーダで百科事典を所有しているのは、三十七番地の青いスレート屋根の彼しかいなかったからだ。実は老人が購入を決めたのは、付録としてもらえる成人用の〈夫婦百科〉のためだった。タンスの中をまさぐっていた叔父は偶然にも巨大な夫婦百科を発見した。本の中ではありとあらゆる滑稽な体位で素っ裸の男女が絡み合っていた。本当の付録は夫婦百科ではなく、百科事典のほうだったと気づいた叔父は泣きながら家を飛び出した。そして二日ぶりに大人の顔になって帰ってきた。叔父は徐々に賢くなっていった。青少年を対象とした宇宙人選抜大会で、二万人を超える応募者の中から最終候補に残ったこともあった。それは遠い大陸にある宇宙機構が公募したもので、選抜されると一年間に七十を超える訓練を受け、宇宙船に搭乗できるというプログラムだった。島の人たちはこぞって応援した。ある年寄りなどは宇宙で必ず自分の名前を三回叫んでほしいと頼み、お小遣いを渡してくれたりもした。叔父は最終審査で二位になり落選した。そして同じ頃に実兄が海で死んだ。人生でうまくいかないことがあるたびに「あのとき、俺が落ちてさえいなければ！」と嘆いた。今の叔父は船着き場で本土とのあいだを行き来する船の切符切りをしている。これといった技術も必要なく、乗船券に穴を開けるだけの仕事だ。そんな叔父が、なぜいまだに〈全校一位〉の顔をして生きているのかは不明だが、今も百科事典を読み、質問すればどんな内容でもてきぱき答えてくれる。子どもにとっては英雄だった。叔父の話には何を言っているのか理解できない言葉が多くて、どういうわけかそれが信頼を高めていた。

子どもは相変わらず無邪気な目で天井を眺めていた。叔父は言葉を失って目をぱちくりさせていた。焼け残った赤いブラジャーの一件を話してやることはできなかった。

「宇宙人大会に出たときのこと、もう一回話してあげようか?」

子どもが答えた。

「うん。今度ね」

叔父はしょんぼりした。子どもが百科事典を指差して訊いた。

「叔父ちゃん、これ本当に全部読んだの?」

叔父はこの世でいちばん気分の良い質問をされたと言わんばかりの、そして誰かが永遠にそう訊いてくれたらと言わんばかりの満面の笑みで答えた。

「もちろん」

子どもがうるうるした目で言った。

「叔父ちゃんは本当に知らないことがなさそうだね」

叔父はじわじわとこみ上げてくる傲慢な笑みをかろうじて抑え、愛情深く答えた。

「もちろん」

子どもは重い口を開いた。

「じゃあ、ちょっと見せてあげるからさ、あれの正体が何か教えてくれる?」

叔父はうなずいた。子どもが言った。

「だけど秘密だよ」

叔父は約束した。また偉そうなふりができるチャンスが訪れたなんて、すごくうれしかった。

見せてくれたのはオレンジ色の箱だった。それは船着き場にある切符の回収箱と似ていた。子どもはそれを裏庭の竹やぶから引っ張り出してきた。

＊

「こりゃなんだ？」

叔父は当惑した。はじめて見る物体だった。これまで子どもに〈わからない〉と答えたことは一度もなかった。子どもの顔色をうかがいながら箱の周りをぐるぐる回った。表面はすべすべした金属製の物質でできていて、煤がこびりついていた。叔父は箱に鼻をあてるとくんくん匂いを嗅ぎ、揺すってみた。どこかで見たことがある気がした。どこかで見たとすれば、それは確実に百科事典のはずだった。記憶をたどり、ついにその物体の名前を思い出すことに成功した。

「ブラックボックス！」

「えっ？」

「ブラックボックス」

「何それ？」

叔父は肩をそびやかして言った。

「黒い箱って意味だよ」

子どもは首をかしげた。

「じゃあ、なんでオレンジ色なの？」

叔父はぎょっとして後ずさりした。〈なんでオレンジ色なのかって、なんでオレンジ色なんだろう？　なんでオレンジ色なんだ？〉素早く話をでっち上げた。

「お前の名前には、どんな意味がある？」

「えっと、爺ちゃんが言ってたけど、知恵があって、勇敢って意味だって」

叔父が尋ねた。

「それで、お前は知恵があって勇敢なわけ？」

子どもは何かを悟ったらしく、大きくゆっくりうなずいた。

「ああ」

子どもが尋ねた。

「それで、これは何？」

「これは……」

叔父はためらった。不意にとんでもないことを思いついた。

「つまり、これは……」

子どもが期待に満ちた顔で見つめた。叔父は真剣な表情で言った。

「これは、お前のママだ」

子どもの股間のトウガラシから一滴のおしっこがちびりと流れ出た。

「なんて?」

「ママ」

子どもは叔父の言うことならなんでも信じたが、今回だけはとても理解できないという表情をした。

「はあ?」

あらゆる知識がビッグバンのように叔父の頭をよぎった。順序立てて言葉をつないでいった。

「いいか。まだ宇宙になんの生物もいなかった初期の頃は、メタンとかタイタン、窒素みたいに変な気体が充満した空気しかなかった。俺の話、理解できるか?」

「ううん」

「いいか、とにかくそういう空気があった。ところがそいつら同士がさ、がぁーって混じり合って電気を起こして、魚を作り出して、恐竜、そうだ、お前、恐竜は知ってるだろ? あれなんかも作り出して、木なんかも作ったりして」

「うん」

「そのうちにライオンが生まれて、猿が生まれて、たくさんの生き物が現れた。要するに人間は後から、本当に後のほうで誕生したってこと。さて、じゃあ人間の先祖は誰だ?」

子どもは叔父から聞きかじった話を思い出して自信満々に答えた。

「猿！」

「そのとおり、猿。じゃあ、猿の先祖は？」

子どもは悩みに悩んだ。

「恐竜だろうが、おい！　猿より前に恐竜がいたんだから。恐竜の先祖は魚で、魚の先祖はメタン、窒素、まあ、そういう空気だよな。つまり人間もさ、結局はそういう〈空気〉とか〈風〉とか〈日光〉から作られたんだ。そいつらこそが俺たちの本物の先祖ってわけ。わかるか？」

子どもは首をかしげた。

「ところがこの空気と風はな、あんなものもこんなものも、とにかく手当たり次第に作りまくった。ということは、俺たちの先祖は南太平洋のマグロかもしれないし、椅子かもしれないし、ステンレスの圧力炊飯器かもしれない、要するに、このブラックボックスの可能性もあるってことだ」

「なんで？」

「先祖が同じだから」

叔父は確信を与えるように訊いた。

「爺ちゃんがママのこと、いつもなんて言ってる？」

子どもがしょんぼりと答えた。

「お前の母親は人にあらず、って」

「ほらな？」

子どもは大きくゆっくりうなずいた。

「ああ」

「わかっただろ？」

子どもは理解したふりをした。叔父の体面を保ってあげようという気持ちも少しはあった。ブラックボックスがママだなんて、そんな話あるかと実際は思っていた。叔父が子どもの背中をそっと押した。

「さあ、ママって呼んでみな」

子どもはブラックボックスをじっと眺めた。直方体のそれは月光を浴びて慎ましく輝いていた。ふり返ると、誰かが必ず与えなくてはならない許可を出すかのように叔父はうなずいた。

子どもが震える声で言った。

「ママ……」

ブラックボックスからはなんの答えもなかった。声に出してもう一度呼んでみた。

「ママ……」

子どもの瞳がブレた写真のように揺れた。叔父が肩を抱いた。

「そうだ、いいぞ」

子どもが震える声で尋ねた。

「でも、ママはなんでしゃべらないの?」

「それはな、互いに違う種に生まれた場合は会話ができないことになってるからだ。それでも体を傾ければ感じ取れるものがあるはず。方法は俺たちが見つけ出せばいい。今のママとも」

「なんで?」

「それが宇宙の倫理だ」

子どもは相変わらず理解できないという表情だった。だがこうして自分に会いにきてくれたママがありがたくて、そして叔父の言葉が頼もしくて、少しだけ心が痛んだ。子どもはブラックボックスの前にしゃがみ込んだ。そして卵を抱くように黙ってブラックボックスを包みこんだ。最初は冷たいと思ったけど、ずっと抱いているうちにママの鉄製の表面に自分の体温が伝わって、一緒に温かくなっていく気がした。小さな心臓がどきどきした。子どもが訊いた。

「部屋に持ってったら駄目かな?」

叔父は駄目だと手を振り、爺ちゃんが海に放り投げてしまうだろうと言った。子どもはもどかしげな表情だった。

「どうした?」

子どもが答えた。

「うれしくて」

ふたりの男のあいだを穏やかな浜風が通り過ぎていった。叔父はずっと前に経験した、今まさに誰かを好きになろうというときの帰り道、全身に浴びていたあの風に似ていると思った。子どもはいつまでもその場に立ってママを呼んだ。ブラックボックスは少し照れているようすだった。家に戻りながら子どもが尋ねた。

「寒くないかな?」

叔父がささやいた。

「大丈夫、ブラックボックスは内気でナイーブだから、人に気を遣われるのが好きじゃないんだ」

ふたりの背後には孤独にそびえ立つ青い灯台が見えた。灯台は小さく温かく光りながら瞬いていた。遠くで尾の切れた黄色い軽飛行機が彼らを見下ろしていた。両翼を吹き抜けていく風の音がひゅーひゅーとかすかに聞こえてきた。それは死者を置いて〈ホーホー〉と鳴きながら去っていくワシミミズクの鳴き声に似ていた。

＊

数日後、一台のヘリコプターがけたたましいプロペラ音とともに着陸した。青い制服を着た諜報員と研究員、リポーターたちが乗っていた。彼らは島のいちばん高い峰にテントを張り、食料品と簡易ベッド、机に殺虫剤、日焼け止めクリームなどを持ちこんだ。諜報員のひとりが望遠鏡でフライデータレコーダを見下ろした。大麻畑に巨大なハート形の跡が残っているのが見えた。諜報員はぽっと頬を染めた。彼らが島に来たのはブラックボックスを見つけるためだった。本土の人たちはかなり不安がっているようだった。軍事面での警告をする者も、科学分析を行う者も、地球外生命体の存在を主張する者も、〈我々はブラックボックスを見つけなければならない〉と声高に訴えた。それは墜落事故後に行われる当然の手順だったから声高になるほどの内容ではなかったが、彼らがそこまで声を大にするのは他に言うことがないからでもあった。全員が同意していたのは、ブラックボックスの中に真実が潜んでいるはずだという点だった。彼らは白い手袋をしたまま数日にわたって事故現場を調査し、手がかりになりそうなものを集め、民家を訪ね歩いた。それから夕方になると丘を上って赤く揺らめく海を眺め、センチメンタルな気分になって涙ぐんだりもした。

子どもは昼も夜も裏庭に行って遊んだ。老人はこれといって気に留めていないようだった。子どもはブラックボックスと言葉を交わした。自分の好きなものやそうじゃないもの、朝ごはんのおかず、爺ちゃんの寝言、最近見た漫画、体重の変化について、鳥がさえずるようにおしゃべりした。ブラックボックスは子どもの話を静かに傾聴した。相槌を打ってくれるわけでも、たしなめたり口出しをしてくるわけでもなかったが、対話は気楽で自然だった。叔父は子どものことが心配だったが、何も気づいていない風を装って仕事に出ていた。もう少しだけ時間をあげたいという思いからだった。

まもなく三十七番地の青いスレート屋根の家に諜報員たちがやってきた。彼らは老人にいくつか質問をした。そして甕《かめ》のふたを開け、倉庫の中を隅々まで調べた。子どもは息を殺して彼らの動きを注視した。老人は後をついて回りながら彼らの作業を眺めていたが「あれはどこの国の飛行機か」「なんで落ちたんだ」と根掘り葉掘り尋ねた。諜報員は、自分たちも何も知らないのだと答えると「それより、ちょっとあっちに行っててくれませんか」と言った。子どもは気づかれないようにこっそり裏庭に向かった。諜報員が呼び止めた。

「おい!」

子どもはその場に立ち尽くすと、じゃあじゃあとお漏らしをした。老人が舌打ちしてやれやれと首を振ると、諜報員がうろたえて言った。

「どうしたんでしょう?」

「はあ、元々ああなんですよ。体が弱いからだろう」

諜報員は手帳に〈体が弱いからだろう〉と書いてボールペンをポケットにしまった。そしてもっとも重要な質問はこっちだったと言わんばかりに尋ねた。

「ところで、このあたりで美味い刺身を食わせる店はどこですか？」

諜報員は三十七番地によく立ち寄った。以前にも訊いた内容をくり返し尋ね、浮かない表情で帰っていった。子どもはそのたびに冷や汗をかいた。諜報員は子どもを見つめ、手帳にまた何かを書いた。叔父が早い時間に仕事を終えて帰宅した日も、諜報員がかまどの釜を開けていた。彼らは、こんな小さな島でブラックボックスが消えるはずがない、確実にどこかにあるはずだ、我々が探し出せないとしたら、それは誰かが隠しているからだ、その人物は不道徳な組織とつながっているはずだ、無事ではいられないだろうと言い捨てて島から消えた。それは三十七番地だけに該当する事例ではなかった。捜索が難航するや、諜報員たちは村人を執拗《しつよう》に追及した。なんて奴らだと叔父はひとり腹を立てた。

＊

幅が広い真鍮の器の上にハゼが額を集めて一斉に横たわっていた。鱗には唐辛子粉が振られていた。老人が骨ばった指で身をほぐした。窓の外では低い雲が速いスピードで流れていった。子どもは魚の頭をしゃぶりながらニュースを見た。飛行機の墜落事故が迷宮入りしたという内容だった。テレビの画面上を村人の顔が通過していった。彼らはインタビューの途中でしょっちゅう話が脱線してしどろもどろになり、ほとんどはブラックボックスが何かも知らないようだった。レポーターが言った。

「まもなく政府は、ブラックボックスを構成する原材料の特殊合金を追跡するため、フライデータレコーダに高性能のX－50S探知機を送る予定です」

叔父が子どもの顔を見た。子どもは何も考えずに顔より大きな器を持ち上げるとお焦げ湯《スンニュン》を飲み干した。そしてスプーンを置くや「ごちそうさまでした」と急いで出ていってしまった。叔父と老人はゆらゆら揺れるテレビ画面の光の前に座り、残りのニュースを見た。

老人は席を立った。便所に行ってくるから、お膳はお前が片付けてくれと言った。老人は懐中電灯を持つと、泥のついたゴム靴のかかとをつぶして履いた。叔父は不安げな目で見守った。案の定、表門の外へと出ていった老人は妙な気配を感じた。どこからか風のような、誰かがぶつぶつ言っているような音がするのだ。つま先立ちで歩きながら音のするほうへと向かった。竹やぶのある裏庭だった。動物並みのすぐれた夜目で暗闇を凝視した。甕の横に張りついてひとり言を言っている子どもが見えた。老人は懐中電灯を照らした。子どもが仰天して後ろにひっくり返った。

「ここで何してる？」

子どもは飛び起きると、自分の体でブラックボックスを隠した。

「えっ？　いや何も」

老人は懐中電灯を手に近づいていった。子どもは後ずさりした。その脚の間からオレンジ色の物体がちらっと見えた。

「それはなんだ？」

子どもが股を閉じて言った。

「なんでもない」

「どいてみろ」

子どもはびくともせずに踏ん張った。老人が押しのけた。ブラックボックスに触れようとすると、子どもは「やめて」と駆け寄った。老人はそれが本土の人たちが探している、あの〈ブラック〉なんちゃらと関連があるのだろうと感づいた。

「駄目、こっちにちょうだい」

老人はブラックボックスを両手で持ったまま子どもを見下ろした。

「こいつめ！　なんてことをしでかしたんだ？　こんなことしたら、おっかない場所にしょっ引かれるってわからないのか？　えっ？」

老人はブラックボックスを地面に叩きつけんばかりの勢いで叱りつけた。声を聞きつけて茶の間から駆けつけた叔父が老人の腕を摑んだ。

「父さん！　ここは堪えて」

老人は大げさにシャベルやらつるはしを探す素振りをしていたが「ぶっ壊してやる！」と叫んだ。

「人のものを盗むのか？　えっ？」

下半身がびしょびしょに濡れた子どもの脚がわなわな震えていた。叔父は子どもの前に立ちふさがると老人に頼みこんだ。

「父さん、これは僕が船着き場の近くで今日拾ってきたんだ。怪しく見えたから本土の人に渡すつもりだった」

老人は疑わしげな眼差しを息子に向けた。

「たぶんこの子は、なんだろうと不思議に思って見てたんだよ。明日になったら、必ずもとの場所に戻してくるから。もう怒らないで」

老人は息子と子どもを交互に見ていたが、不満そうな顔で部屋に戻っていった。叔父が子どもの肩を摑んだ。

叔父と子どもは並んで布団に横になった。向かいの部屋では老人がしゃがみ込んだ姿勢で居眠りしながら貝をむいていた。叔父は子どもの髪をいじりながら関係のない話をはじめた。

「お前さ、好きな子いるの？」

子どもは力なく答えた。

「ん？　前はいた」

「じゃあ、チューはしたことあんの？」

「ない。叔父ちゃんは？」

「もちろんあるよ。大人だからな」

叔父が話を続けた。

「好きな人と口づけするときってさ、ものすごい感じがするんだ」

子どもはちょっと好奇心が湧いてきたらしかった。

「どんな？」

「それがさ、大気圏に重い物体を置くと、地球の重力によって恐ろしいスピードで落下していくうちに痕跡も残さず消えるんだ。うん、つまり、すっかり燃え尽きちゃって、地面に着く前に消滅してしまうってこと」

「うん」

「言うならば、そんな感じだ。口づけって」

子どもが感嘆して言った。

「美しいものなんだね。口づけって」

叔父が笑みを浮かべて言った。

「もちろん。でも故障した宇宙船の破片みたいなのがさ、宇宙をさまよってる最中に地球の引き寄せる力に捕まって、周囲を永遠に回り続けることになるケースもたまにあるんだって」

「永遠に？」

「ああ。今も俺たちの頭の上でたくさん回ってる。目には見えないけど、遠くで」

子どもが顎の下まで布団を引き上げて言った。

「大変そうだね」

叔父がささやいた。

「ブラックボックス、見に行こうか？」

「なんで？」

「ママに口づけしに」

裏庭の竹やぶが風に吹かれてざわざわ揺れる音が聞こえてきた。子どもがじっと叔父を見つめた。一体どんな予感を宿しているのか、自分でもわかっていない遠い眼差しだった。


叔父と子どもは忍び足で老人の部屋を通り過ぎると裏庭に到着した。老人は包丁を握ったまま、貝がうず高く積まれたたらいの前に座って、こくりこくりと居眠りをしていた。叔父はブラックボックスを子どもの前に下ろした。ブラックボックスは疲れているように見えた。ざわざわ——竹やぶが風に揺れた。風は水に濡れた布のように重く湿っていた。叔父がためらった末に口を開いた。

「すぐに本土の人たちがやってくるだろう。お前もわかってるよな?」

子どもが不安そうな目でうなずいた。

「そしたらママを連れていくはずだ。どこかで、どうしても必要としているらしい」

子どもがうなだれた。

「その前に俺たちがママを別の場所に送ってあげよう」

子どもが言った。

「嫌だ」

「じゃあ、その人たちに連れていかれてもいいのか?」

「……」

「ママはここにいたら連行されることになる。つまり、俺たちが送ってやらなきゃならないってことだ」

「どこに?」

「あそこに」

叔父が空を指差した。

「そうすれば、ママは地球の引き寄せる力で空の上を回りながら、永遠にお前の傍にいられるようになる。本当だ。叔父ちゃんが約束するから」

子どもの顔が曇っていった。片方のつま先で地面を掘り返し続けた。

「嫌か？」

「……」

しばらくして、子どもが不服そうに答えた。

「どうすればいいの？」

「ただ口づけすればいい。それから目を閉じて待つんだ。ただし、その前にママと挨拶をしないと」

子どもはうなずいた。叔父は後ろに下がりながら言った。

「伝えたいことがあれば言っていいんだぞ」

ブラックボックスは沈黙していた。子どもが口を開いた。

「ママ」

「……」

子どもはかすれた声で叫んだ。

「ママ」

ふたりのあいだを力強い海風が通り過ぎていった。子どもがつっかえながら言葉を続けた。

「ママは名前を呼んでくれたことも、おんぶしてくれたことも、具合が悪いときにさすってくれたことも、帰りが遅いからって捜しにきてくれたこともなくて、必要なとき、いつも傍にいなかった。それってつまり学校鞄をそろえてくれることも、虫歯を抜いてくれることも、やられて帰ってきたら相手を追いかけてくれることもないって意味だろうし、一緒に遠足に行くはずも、入学式に来るはずも、一緒に寝るはずも、賞をもらっても頭を撫でてくれるはずも、いつ呼んだって答えてくれるはずもないって意味なんだろうけど、だけど、だけど……」

子どもはわっと泣き出した。

「だけど……」

子どもの顔が涙でぐしょぐしょになった。大声で泣いた。風は吹き続け、暗闇の中、ブラックボックスの上に一枚の竹の葉がはらりと落ちた。

「ママが挨拶してる」

子どもがひくひくとしゃくり上げながら訊いた。

「なんて言ってるの？」

叔父が言った。

「元気でいてねって」

「……」

「元気でいてね。どこにいても元気でいてほしい。そしたら自分はすごくうれしく思うって」

子どもがふたたび〈うわーん〉と号泣した。心ゆくまで泣けるよう、叔父は黙ってとなりに立っていた。やがて子どもの耳にささやいた。

「さあ、お前も挨拶しないと」

「なんて？」

「ママも元気でね。気をつけてねって」

子どもは手で涙を拭いた。黙ってうずくまっているブラックボックスに向かって言った。

「気をつけて行ってね、ママ。元気で」

子どもは続けた。

「どこにいても元気でいてね。そしたら……僕もすごくうれしいと思う」

叔父が子どもに言った。

「さあ、そろそろママに口づけしよう」

子どもはゆっくりとブラックボックスに向かって近づいた。そして両手でブラックボックスの冷たい頬をさすった。しばらくそうやって見つめてから目を閉じ、俯いて口づけをした。次はもう少し柔らかいものに生まれ変わってほしいと祈りながら。子どもの涙がオレンジ色の合金の上にぽたぽた落ちた。空では雲に隠れた月が白くぼってりと膨れ上がっていく最中だった。


同じ時刻、うたた寝していた老人は夢の中で鳥を見ていたが、どういうわけかその鳥は赤いブラジャーを着けていた。老人は「あれはワシミミズクにそっくりだな、ワシミミズクに」とつぶやいて空を見上げた。そしてブラジャーを着けたまま飛び去っていく鳥を長いこと見つめた。そのうちに涙がすーっと頬を伝うのが感じられた。老人は空に向かって大声で「しっしっ」と叫んだ。そしてまだ足りないと思ったのか、もう一度「しっしっ」と叫んだ。涙に濡れた目で夜空を見ながらつぶやいた。

「生まれ変わったら、人間みたいなもの、好きになりすぎないことだ」

鳥は大きな翼をはためかせて月光の中を飛び、ホーホーと空の果て、彼方へと消えていった。

*

ふたたび、フライデータレコーダの夏。春の日差しに灼かれたこの島のどこか、深緑の向こうでは、日常で悠久の労働、謎の噂と倦怠、あるいは涼やかに吹いてくる風の中で、人びとは相変わらず子を産み、また子を産む。島の名前はフライデータレコーダ。男たちはゴム長靴を履いて魚を干し、真夏の日、島の影の下、真っ黒な海の中では魚が頭を冷やしている。三十七番地、青いスレート屋根の下での日常もほぼ同じだ。老人は魚をさばきながら空を見上げ、叔父は朝になると船着き場に行って切符を切る。子どもの背はすくすく伸び、今までのパンツはサイズが合わないだろうし、もうおしっこも漏らさなくなった。岬には村でいちばん高い灯台がある。灯台の上には青く苔むした軽飛行機が遺物のように刺さっている。壊れたガラス窓の中にはたまに鳥が飛んできて、卵を孵《かえ》して去っていく。本土の人たちは去った。誰かが灯台の下に置いたブラックボックスを回収し、けたたましいプロペラ音とともに消えた。墜落するまでの三十分間の録音内容は部品の損傷と雑音のせいで、ほとんど解読できなかった。操縦士も見つからなければ国籍もわからない飛行機の墜落事故は、いくつかの疑問を残したまま人びとの記憶から忘れられていった。ただ彼らはブラックボックスに録音された、かすかに聞こえるかどうかという最後のメッセージをなんとか拾い上げることに成功したのだが、それはたった一言、〈さよなら〉だったそうだ。

作家が〈作家の言葉〉を書く夜について考える。彼らの体を伝い、巡った言葉、血、そんなものを思い描いてみる。言葉のドアが開くパワーは、それを封鎖しようとする運動の中から生じるのではないかと想像しながら。私の知らない夜、知っている夜、そんな夜を思い描いてみる。〈小説〉を書く夜ではなく〈作家の言葉〉を書く夜を連想してみたら、彼らがみな小さく見えてきて近くに感じる。

ふたたび〈作家の言葉〉を書くことになったら、必ずありがとうと言いたかった。そのせいで、このページが飽き飽きするような、ありふれたものになったとしても。わかっていると思っていたのに、気づいていなかったこと、それは感謝の言葉が持つ重みだった。作家たちが書く、あの大量の言葉がどれも似たりよったりなのは、傍らにいつも誰かがいてくれたからなのだろう。その誰かに、私はいつも支えられ、感動しながら生きていく。

もっと早く伝えたら良かった言葉を、ようやく書く。愛おしくて――呼ぶことのできない名前たちへの挨拶を。そして癒されたと言ってくれた読者、名前のわからないあなた。本の最後にくっついている、この数ページを借りて伝えたら、私も、心からあなたに癒された。

ついに飽き飽きされる側になった自分の心に満足している。

二〇〇七年 秋

キム・エラン

訳者あとがき

本書は二〇〇七年に韓国で刊行されたキム・エランの短編集『唾がたまる』（原題『침이 고인다』文学と知性社）の全訳である。翻訳には初版三十刷を使用した。

キム・エランは一九八〇年生まれ。大学生のときに「ノックしない家」で第一回大山《テサン》大学文学賞を受賞し、二〇〇五年に『走れ、オヤジ殿』（「ノックしない家」収録）で作家デビューを果たした。本書はその二年後に発表された二作目の短編集となる。

これまで韓国で発表された単行本は短編集が四冊、長編とエッセイ集が一冊ずつ。今回、この『唾がたまる』の邦訳が発売されたことにより、『どきどき 僕の人生』（きむ ふな訳、クオン）、『走れ、オヤジ殿』（拙訳、晶文社）、『ひこうき雲』（拙訳、亜紀書房）、『外は夏』（拙訳、亜紀書房）と、すべての小説が日本語で読めるようになった。

〈日本の読者の皆さんへ〉でも述べられているように、本書は著者の幼少期から青年期にかけての記憶や思い出がつまった一冊となっている。韓国で刊行された順番にこれまでの作品を追っていくと、『走れ、オヤジ殿』はアジア通貨危機に翻弄される十代、本書は二十代、『ひこうき雲』は二十代から三十代、『外は夏』は三十代から四十代と、主な登場人物も著者とともに年齢を重ねている姿が見えてくる。

キム・エラン作品のもう一つの特徴に時間と空間というテーマが挙げられる。初期の作品にはコンビニなどの空間が多く見受けられるが、二〇一一年に韓国で刊行された長編『どきどき僕の人生』以降は、時間を軸に据えた物語が顕著になっていく。

初期の作品といえる本書では、さまざまな空間の中でも個の象徴である部屋が頻繁に登場する。とりわけ決して裕福とは言えない人びとの部屋や、それらが存在する場所に焦点が当てられている。こうした部分に着目しながら、各作品の見どころについて簡単に解説したい。

「堂々《ドードー》たる生活」

苦労して繁盛させた店と家の両方を失うことになった母は、納屋という自分だけの空間で脱水機とともに「タタタタ」と泣く。昼間は店になる部屋にでんと置かれた分不相応なピアノは、母のプライドであり、普通の生活の実体であり、希望でもあったのだろう。そのピアノを演奏するという行為は、主人公の私にとって文字どおり堂々たる生活の体現だったが、ソウルの半地下の部屋に引っ越してからは弾くことを禁じられる。主人公は最悪ともいえるラストを迎えるが、安らかな気持ちでピアノのふたを開けて演奏をはじめる。胸にあるのは堂々たる生活を最後まで失わないという矜持だろうか、自分はこの先ピアノを持てるような人生は送れないという諦念だろうか。

「唾がたまる」

朝が弱い塾講師の主人公は、小さな不満はあるもののきちんとした職があり、自分の城とも言うべき借家のワンルームで自由に暮らせる現状に満足している。その城に居候することになった後輩の悲劇的な過去が、悲しみや恐怖といった感情ではなく〈ガムを噛むたびに唾がたまる〉という感覚で描写されている点に意表を突かれた。香りで過去の出来事や当時の感情がよみがえるという話はよく聞くが、主人公もようやく自分の城と孤独を取り戻したという実感をガムとともに噛みしめる。二〇〇七年の李箱《イサン》文学賞候補作。

「クリスマス特選」

若者の貧困、そして韓国の不動産事情が、不便な部屋を転々としながら同居する兄妹の恋愛エピソードとともに綴られていく。著者は二〇一九年に来日した際にも、まとまった保証金がないと家を借りられない韓国社会の現実は、貯金を持たない若者にとって大きな負担だと語っていた。土地不敗神話が引き起こした韓国の不動産バブルは最近になって変化を見せているようだが、どんな家に住んでいるか＝その人物のステータスという構図は、韓国文学でよく見られるモチーフだ。主人公の男がいちばん長く暮らしたという屋根部屋は、訳者の友人も住んでいたことがあるが、まだ五月なのに室内にいられないほど暑かったことを書き添えておく。

「子午線を通過するとき」

物語の舞台となった鷺梁津《ノリャンジン》にはソウル最大の水産市場と、全国から公務員試験や大学入試を目指す人びとが集まる浪人生の街というふたつの顔がある。著者の作品には、この鷺梁津がたびたび登場する。『ひこうき雲』収録の「三十歳」では〈合格するまで脱出できない島〉、『外は夏』収録の「向こう側」では〈公務員になる夢を諦めきれない男が舞い戻る場所〉として描かれた。大学進学を機にソウルへ上京した著者は、鷺梁津という空間についてこう語っている。

「[……]はじめてソウルに住み、片道で1時間以上かかる大学に通っていたとき、必ず通過する駅のひとつが鷺梁津でした。

停まることなく空間を一直線に切り裂きながら電車が漢江《ハンガン》にかかる橋の上を通過すると、四方から光がほとばしり、窓の外にはありとあらゆる高層ビルと、きらきら揺らめく水面が見える場所。

[……]鷺梁津駅を通過するときはソウルのさまざまな風景が一挙に、そして降り注ぐように電車の中へと飛びこんできました。

そうした身体的経験のせいか、私の中で鷺梁津駅は全身でソウルを突き抜けて通り過ぎた場所として今も記憶に残っています」（古川綾子訳「キム・エランの目に映る鷺梁津」、波田野節子ほか編著『韓国文学を旅する60章』明石書店）

「包丁の跡」

〈日本の読者の皆さんへ〉でも述べられていた自伝的小説。著者が二〇一三年に「沈黙の未来」（『外は夏』収録）で李箱文学賞を受賞した際に書いた「カードゲーム」というエッセイがある。ここにはカルククス屋の〈うまい堂《マンナダン》〉が誕生する前、つまり若かりし頃の両親が出会い、結ばれ、著者が生まれるまでのラブ・ストーリーが描かれており、本作も一部登場する。歴代の李箱文学賞受賞者によるエッセイ集『僕は李箱から文学を学んだ』（CUON）に掲載されているので、ぜひそちらもご覧いただきたい。

「祈り」

韓国では就職難が続く上に、たとえ就職できてもいつ解雇されるかわからないという不安から公務員が人気だ。ただ志望者が多いため、必然的に競争率や試験の難易度もどんどん上がっていく。そのため主人公の姉のように、何年も浪人生活を送りながら合格を目指す若者も多い。そんな受験生の居住空間としてよく登場するのが考試院《コシウォン》だ。今では留学生や長期滞在の旅行者が宿泊するなど、さまざまな用途で利用されているが、本来は受験生が勉強に集中するための施設だった。最近はニーズに応じた色々なタイプがあるが、部屋の広さは一、二畳ほどで壁は非常に薄く、台所とバスルームが共用、キムチとご飯が無料提供されるというのが基本的なスタイルだ。

「四角い場所」
生まれた部屋と初恋の相手が住んでいた部屋、主人公をめぐるふたつの四角い場所が登場するが、どちらにも共通するのは、今はもう誰もいないという〈不在〉だ。もうひとつ着目したいのは、主人公の生まれた部屋が急斜面の貧民街、つまりタルトンネという空間にある点だ。一九五〇年代、朝鮮半島は戦争で焼け野原と化した。北からの避難民や焼け出された人びとは行き場を失い、禿山の急斜面にバラック小屋を建てて不法に住み着いた。そしてできたのがタルトンネという集落だ。直訳すると月の町、つまり月に手が届きそうなくらい高い場所にある集落という意味になる。タルトンネは著者のデビュー作『走れ、オヤジ殿』の表題作で、主人公と母親を捨てた〈ここにいない〉父親の住む町としても登場する。

「フライデータレコーダ」
訳者のあとがきを読んでから小説を読むという声をたまに聞くので、なるべくネタバレにならないように各話の解説を書いてきたつもりだが、この作品にかんしては情報のない状態で堪能していただけたらと思う。収録順の妙味と言うのだろうか。著者の短編集を訳すのは四冊目となるが、最後に収録された作品には毎回泣かされると同時にかすかな希望を感じる。

韓国では二〇二三年六月二十八日より、年齢の数え方を国際基準の〈満年齢〉に統一する法律が施行されたが、それ以前に書かれた作品では、ほとんどの年齢が数え年で記されている。本書では基本的に満年齢に直して訳出している点をご了承いただきたい。

素晴らしい作品を世に生み出してくれたキム・エランさん、編集を担当してくださった亜紀書房の内藤寛さん、校正してくれた友人、そしてこの本に携わってくださったすべての方に感謝申し上げます。

二〇二三年　金木犀の香る季節に

古川綾子

キム・エラン

韓国・仁川生まれ韓国芸術総合学校演劇院劇作科卒業。2002年に短編「ノックしない家」で第1回大山大学文学賞を受賞して作家デビューを果たす。2013年、「沈黙の未来」が李箱文学賞を受賞。邦訳作品に『どきどき僕の人生』(2013年、クオン)、『走れ、オヤジ殿』(2017年、晶文社)、『外は夏』(2019年、亜紀書房)、『ひこうき雲』(2022年、亜紀書房)がある。

古川綾子（ふるかわ・あやこ）

神田外語大学韓国語学科卒業。延世大学教育大学院韓国語教育科修了。神田外語大学講師。NHKラジオ ステップアップハングル講座2021年7－9月期「K文学の散歩道」講師を務める。 主な訳書にハン・ガン『そっと 静かに』、キム・ヘジン『娘について』、『君という生活』、チェ・ウニョン『わたしに無害なひと』、『明るい夜』、イム・ソルア『最善の人生』、キム・ソンジュン『エディ、あるいはアシュリー』などがある。

キム・エランの本2　唾《つば》がたまる

2023年12月25日　第1版第1刷発行

著者　キム・エラン
訳者　古川綾子

発行者　株式会社亜紀書房
〒101-0051
東京都千代田区神田神保町1-32
電話(03)5280-0261
https://www.akishobo.com

装丁　名久井直子
装画　ヒロミチイト
DTP　コトモモ社
印刷・製本　株式会社トライ
https://www.try-sky.com

Printed in Japan
ISBN978-4-7505-1822-0　C0097

誰にでも親切な教会のお兄さんカン・ミノ

イ・ギホ
斎藤真理子訳

「あるべき正しい姿」と「現実の自分」のはざまで揺れながら生きる「ふつうの人々」を、ユーモアと限りない愛情とともに描き出す傑作短編集。

わたしに無害なひと

チェ・ウニョン
古川綾子訳

二度と会えなくなった友人、傷つき傷つけた恋人との別れ、弱きものにむけられた暴力……。言葉にできなかった想いをさまざまに綴る7つの物語。

ディディの傘

ファン・ジョンウン
斎藤真理子訳

多くの人命を奪った「セウォル号沈没事故」、現職大統領を罷免に追い込んだ「キャンドル革命」という社会的激変を背景にした衝撃の連作小説。

大都会の愛し方

パク・サンヨン
オ・ヨンア訳

喧騒と寂しさにあふれる大都会で繰り広げられる多様な愛の形。さまざまに交差する出会いと別れを切なく軽快に描いたベストセラー小説。

小さな心の同好会

ユン・イヒョン
古川綾子訳

やり場のない怒りや悲しみにひとすじの温かな眼差しを向け、〈共にあること〉を模索した作品集。こころのすれ違いを描いた11編を収録。

かけがえのない心

チョ・ヘジン
オ・ヨンア 訳

幼少期、海外養子縁組に出されたナナは、フランスで役者兼劇作家として暮らす。ある日突然、人生を変える2つの知らせが届く……。

シャーリー・クラブ

パク・ソリョン
李聖和訳

ワーキングホリデーで訪れたオーストラリア。「シャーリー」だけが入れるクラブがあるって知って、興味津々訪ねてみたら、そこには白髪のおばあさんたちが。

エディ、あるいはアシュリー

キム・ソンジュン
古川綾子訳

性の多様性。移民。失われた日々。喪失。再生。暴力……。どこにでもあるリアルな世界を、時を越え、現実と幻想とを自由に行き来しながら、未来と希望を信じて描く短編集。

明るい夜

チェ・ウニョン
古川綾子訳

結婚生活に終止符を打ち、ソウルでの暮らしを清算した私は子どもの頃の思い出の地に向かう。祖母と二十二年ぶりに再会を果たすと、それまで知ることのなかった家族の歴史が明らかになる。

百の影

ファン・ジョンウン
オ・ヨンア訳

「二〇〇〇年代韓国文学における最も美しい小説」。強大な力によってかけがえのない日常を奪われながらも、ひたむきに生きる2人のあたたかで切ない恋物語。